生命中的所有都是蓄谋已久

郝蓄芳 著

时代文艺出版社

图书在版编目（CIP）数据

生命中的所有都是蓄谋已久 / 郝蕾芳著. —长春：时代文艺出版社，2018.6（2021.5重印）

ISBN 978-7-5387-5784-2

Ⅰ. ①生… Ⅱ. ①郝… Ⅲ. ①散文集－中国－当代 Ⅳ. ①I267

中国版本图书馆CIP数据核字（2018）第054154号

出 品 人　陈　琛
责任编辑　陈　阳
助理编辑　史　航
装帧设计　孙　利
排版制作　隋淑凤

生命中的所有都是蓄谋已久

郝蕾芳 著

出版发行 / 时代文艺出版社
地址 / 长春市福祉大路5788号　龙腾国际大厦A座15层　邮编 / 130118
总编办 / 0431-81629751　发行部 / 0431-81629755
官方微博 / weibo.com / tlapress　天猫旗舰店 / sdwycbsgf.tmall.com
印刷 / 保定市铭泰达印刷有限公司
开本 / 710mm×1000mm　1 / 16　字数 / 198千字　印张 / 15.75
版次 / 2018年6月第1版　印次 / 2021年5月第2次印刷　定价 / 49.80元

图书如有印装错误　请寄回印厂调换

目 录

其实我还好

前两天看《非常静距离》，那期节目的嘉宾是张俪，闺密团中唯一的男闺密是俞灏明。

听李静"灏明、灏明"地叫着，我也只是觉得这个人似曾相识。马上百度一下，结果就知道他是2007"快乐男声"的第六名。因其俊朗亲和的形象，受到湖南卫视的力捧。随后出演《一起来看流星雨》《一起又看流星雨》，并加盟"天天兄弟"，和汪涵等人一起主持《天天向上》。

眼看这颗新星就要熠熠生辉，怎料一场大火改变了俞灏明原有的轨迹。

2010年10月22日，他和SHE成员Selina在上海拍摄电视剧《我和春天有个约会》，两个人因炸点提前引爆而导致意外烧伤。尤其是俞灏明，似乎烧伤部位集中在了脸上。这对一个演员来说，毫无疑问是一场毁灭性的灾难。想都不敢想的事，竟然落在了俞灏明的头上。

面对别人的不幸，我们能说点儿什么呢？突然就想到了这句话：如果事与愿违，请相信上天一定另有安排。

八百天后，俞灏明微笑归来。2012年的最后一天，在湖南卫视的"跨年狂欢夜"上，俞灏明演唱了复出单曲《其实我还好》：

但愿在茫茫人海中

我的眼神你会懂

但愿我们会温柔地目送

那些没有过的繁荣

那些理想的恢宏

总会有一天和我们相逢

　　歌声依旧温婉动人，向万千观众传递阳光向上的正能量。仿佛苍老了许多岁的面容，令万千粉丝唏嘘不已。

　　如果你知道去哪儿，全世界都会为你让路。之后的俞灏明非但没有退出娱乐圈，反而参演多部影视剧、演唱多支单曲，还以成熟、乐观、自强的姿态成为励志代言人。

　　每一个强大的人，都会咬牙度过一段艰难的日子。过去了，就是你的成人礼；过不去，就是你的无底洞。

　　2016年1月，俞灏明发布台下素颜纪录片《我的灵魂没有伤疤》，全方位呈现他"随性从容、坚强无畏、过去别来、现在无恙"的生活面貌。

　　所有人的结局，都是自己设计的。支撑我们变得越来越好的，是不断进步的才华、修养、品行以及不断地反思和修正。

　　俞灏明用他的方式告诉大家：不用太担心，其实我还好。

我在终点等你

　　稻城。稻城亚丁。

　　若不是看了电影《从你的全世界路过》，我竟从未听说过稻城，抑或是稻城亚丁。

　　在电影的后半程，稻城亚丁是最重要的取景地。湛蓝的天空、明媚的阳光、瑰丽的雪山、辽阔的草甸、纯净的湖水，以及繁星点点的夜空和藏地浓郁的民风，镜头向我们展示了一个绝美的西南胜地——稻城亚丁。

　　百度上说，稻城县在四川省甘孜藏族自治州境内，亚丁风景区隶属于稻城县香格里拉镇。亚丁，藏语意为"向阳之地"。稻城亚丁，被誉为"香格里拉之魂""蓝色星球上的最后一片净土"。难怪电影于9月29日一经上映，朋友圈便炸庙儿般地惊呼：带我去稻城亚丁！

　　《从你的全世界路过》，改编自张嘉佳的同名睡前故事集。这本书刚一发行的时候，我就在书店的畅销书架上翻阅过。关于读书，一个前辈曾经这样告诫我：什么年龄读什么书。年轻的时候，可以读一些故事性强的；年长的时候，就要选择一些可以提升思想深度的。不能说张嘉佳的书肤浅，只能说自己已经人到中年。

　　电影的编剧依然是张嘉佳，据说是修改了四十八次才得以最终呈现。不得不佩服张嘉佳的耐力啊！前一段看金星采访六六，问为什么好的电视剧编剧多为女性？六六答，因为修改剧本是个挺折磨人的活儿，相比男人，女人更为隐忍。看来也不尽然。

张嘉佳用三段爱情故事来结构全片。

其一，猪头和燕子的故事。他们是大学同学，猪头喜欢燕子。上学的时候，燕子因盗窃被通报，猪头旷课打工替燕子还钱。毕业后燕子出国，猪头省吃俭用给燕子寄钱。千等万盼，燕子终于回来了，可却是回来说分手的。

好好的爱情，怎么就变成了自作多情？

猪头和燕子：爱一个人，就是当所有人都怀疑她，他也要站出来，替她挡住流言蜚语；爱一个人，就是当她中途要离开，他虽然心碎却依旧嘴硬：幸亏没领证，领了证就耽误你一辈子！

漫漫人生路，爱情往往会提前到达终点。

其二，茅十八和荔枝的故事。他们两个，一个是技术宅男，一个是自诩为天下无敌的女片警。在茅十八慌里慌张的躲闪和荔枝兴高采烈的追赶中，我们看到了爱情最初的模样。后来，茅十八向荔枝求婚成功。后来，茅十八为解救荔枝被歹徒一刀丧命。

我带你去稻城，你可以嫁给我吗？

茅十八和荔枝：爱一个人，就是当她身处险境时，他能舍弃仅有的一条命去保护她；爱一个人，就是在他离开这个世界后，还能让她感觉到被爱包围。

倘若爱是一场路过，那么这样的结束便是永远。

其三，陈末和幺鸡的故事。陈末是一家城市电台的DJ，他和小容从大学开始相爱并搭档主持节目。直到有一天，小容告诉陈末，她想去更高的地方看一眼，陈末便彻底失恋了。为了找回那个曾经给许多人带来温暖送去慰藉的陈末，幺鸡出现了。幺鸡问陈末，什么是爱情？陈末说，爱情，就是因为爱，搞出了好多事情。于是幺鸡为陈末搞出了好多事情。

女人究竟想要什么，你们说得出来吗？

陈末和幺鸡：爱一个人，就是不管他爱谁，只是一门心思地对他好；爱一个人，就是在稻城亚丁静静地等，直到她回来的那一天。

谁都想做一个归人，而不是一个过客。

除了让人产生共鸣的剧情，影片中还有像成都、哈尔滨、武汉、南京等诸多大城市的夜景让我感叹不已：世界真是太大了，纷纷扰扰根本不值一提。

《从你的全世界路过》是"青春片教父"张一白执导的又一部作品。上映六天，票房达四点五亿。查阅豆瓣，口碑褒贬不一。好在张一白事先有此名言：每个人都有自己的表达方式。如果你不喜欢，只能说明不是为你准备的。

电影云集了一拨好演员：邓超、白百何、杨洋、张天爱……倒是模特杜鹃和说相声的小岳岳让我眼前一亮，前者气场超强，后者笑中带泪。

片尾由王菲献唱的《你在终点等我》余音绕梁：

没有你的地方都是他乡

没有你的旅行都是流浪

那些兜兜转转的曲折与感伤

都是翅膀　都为了飞来你肩上

无论是书还是电影，张嘉佳所要诠释的只有一个：我们总想拥有一个人的全世界，到头来却始终都是路过。

如果只是路过，那我就在终点等你。

平遥，又见平遥

平遥我是去过的。

2000年的五一，是中国人除了春节之外的第一个小长假。当时有两座古城被列入世界文化遗产名录，一座是云南丽江，另一座便是山西平遥。因为刚从丽江回来不久，平遥便成了那个黄金周我随着人流蜂拥而至的唯一选择。

2016年9月，我去参加第十六届中国平遥国际摄影大展，再次邂逅了这座有着两千七百多年历史的古城。

时隔十六年，平遥古城别来无恙。县衙、古城墙、日升昌票号、华北第一镖局……无一不在静穆地窥视着人间悲喜。时隔十六年，平遥古城更加彰显国际范儿，以其特有的姿态迎接了来自三十三个国家和地区的摄影爱好者。除了满街满眼的影像，《又见平遥》该是古城给予我的一份别后贺礼。

与《印象丽江》等户外实景演绎不同，《又见平遥》属于室内情境体验剧。它的演出地点在沙瓦剧场。顾名思义，沙瓦剧场是以黄沙和灰瓦为主要设计元素，并挖地六米建造而成，意即拨开黄沙露出灰瓦，下面便是平遥人家。沙瓦剧场和《又见平遥》互为一体。换句话说，《又见平遥》只能在沙瓦剧场上演，沙瓦剧场专为《又见平遥》而建。

在沙瓦剧场看《又见平遥》，到处都暗藏着出人意料的玄机。剧场没有前厅没有舞台更没有观众席，在工作人员的引领下，也说不清是从哪个门入场的，总之刚一站稳，演出就开始了。整个过程不像是在剧场看剧，倒有点儿像是在博物馆参观。

《又见平遥》讲述了一个关于血脉传承的悲壮故事。清朝末年，平遥城票号东家赵易硕得到消息，远在沙俄的分号王掌柜一家惨遭屠戮，仅留下一个年仅七岁的王家小爷尚被劫持。为保住王家这棵独苗，赵易硕决定抵尽家产，筹措三十万两白银，雇佣最负盛誉的同兴公镖局二百三十二名镖师，一同前往沙俄解救王家小爷。怎料赵易硕和二百三十二名镖师全部客死他乡，唯有王家小爷得以平安归来。

随着剧情的深入，沙瓦剧场有如迷宫一般，被分隔成几个体现不同内容的虚幻场景。

选妻。为了支持赵易硕的救人大义，全城的老百姓纷纷送上女儿，你仁义我便仁义，你是英雄我便柔情万种。通过相足、相手、相面、相腰、相臀，最后一个貌美如花的女子和赵易硕成亲。随后赵易硕率领二百三十二名镖师出征沙俄。数月后女人临盆产下一子，却因难产而气血耗尽。弥留之际留下一句话：生都生了，死就死了吧。

出镖。同兴公镖局明知这是一单死镖，但是为了信守承诺还是毅然接镖。按照平遥老例，出镖前镖师要进行一场颇为悲壮的"死浴"，并由城里最漂亮的女子为其试身。沐浴后镖师让女子在其胳膊上咬下牙印，说是这样"即便是变成土变成烟也能找回家了"。正是：此去沙俄千万里，歃血画符诀生死。男儿一诺千斤重，镖师义气薄云天。

归来。七年之后，平遥城的百姓奔走相告：镖师回来了，快到南门广场去接镖队！大家纷纷赶到城外，却只看到王家小爷一个人！赵易硕和二百三十二位镖师死在途中，王家小爷带着他们的心愿和灵魂回来了！城墙上，镖师魂舞。"二百三十二人换一人，你说值不值？"镖师的灵魂发出这样的疑问。平遥人答：你们押的不是镖，是仗义；做的不是生意，是德行；救的不是性命，是血脉！

秀面。赵易硕和二百三十二位镖师舍命保回来的王家血脉，如今已经遍布世界各地。这些人无论身在何处，一想到祖上都要吃一碗面。这一碗面里，盛满了他们对先人的缅怀和感念。全剧在肆意挥洒的白面和山西民歌《桃花红杏花白》中结束。

从沙瓦剧场出来，依然有种"找不着北"的感觉。找不着的不仅是方位，也许还有自己的前世今生。

九十分钟的时长，再现了清末平遥的票号、镖局、赵家大院、南门广场等标志性场所。观众边走边看，跳入跳出，亦古亦今。在《选妻》那场戏中，观众就是平遥街头看热闹的老百姓，张家长李家短地跟着评头论足；而置身于《归来》，观众又仿佛穿越到一百多年前，徜徉在平遥的街市，刚想进店铺问问价，演员却告诉你：今天要提早关门，镖队回来了！有时候演员的表演近在咫尺，镖师沐浴的水珠会溅到你的脸上；有时候却又只能一边远观演员"秀面"，一边叩问"自己的根脉是否也流淌着这样的故事"？

《又见平遥》的导演是王潮歌。她说，这部剧她没有以晋商的诚信为题材，而是以"人"为题材，这个人可以是平遥人，也可以是山西人、中国人。通过一个悲壮的故事，表现做人的德行和仗义，让人们知道感恩和给予。

平遥是平遥人的故乡。记得有这样一段话：什么是故乡？故乡就是一个你听得最多、却没有去过的地方；故乡就是一个你踮着脚尖、想看世界的地方。

那么，我的根又在哪里？我的魂将归何处？

青春那么伤

《夏有乔木，雅望天堂》终于上演了。

去电影院，原本是冲着吴亦凡的。从《有一个地方只有我们知道》到《老炮儿》，他的成长有目共睹。我不喜欢一开始就看见一个人站在高处，而是希望他每天都进步一点点，然后稳扎稳打地抵达山顶。也不喜欢那个人过早地处于巅峰，因为那样的人生会因失去目标而百无聊赖。

看这部电影的都是少男少女。环顾左右，我是观众中年龄最大的一个。而且不是一般的大，至少要差出两个十年来。

《夏有乔木，雅望天堂》改编自同名小说。这部小说大火的时候，我没有跟风去翻看，因为早就挥手作别了"暖伤青春"，已经相信人生注定是"美好而遗憾"的，也就无须再去书中寻求答案了。

电影并不复杂。女主舒雅望（卢杉饰）有一个青梅竹马的男友唐小天（韩庚饰），他们从小恋到大，且打算一直爱到老。舒雅望十六岁那年，奉父命去照顾十岁的夏木（吴亦凡饰）。夏木因在童年目睹母亲自杀而变得自我封闭。舒雅望的出现，让夏木的生活趋于正常而美好。她是他的一米阳光，照亮了他的整个世界。一晃数年，就在夏木即将高考之际，恶魔总裁曲蔚然（周元饰）强暴了舒雅望，这让一直暗恋她的夏木义愤填膺，举枪射伤了曲蔚然。随着阴郁而沉闷的枪声，舒雅望、夏木、唐小天的青春戛然而止。

"夏有乔木，雅望天堂"，暗合了舒雅望、夏木、唐小天三个人的名字。"山有木兮木有枝，心悦君兮君不知"，恰是少年夏木对舒雅望的内心独白。

舒雅望对唐小天说：我最轻浅的念想儿，不过是和你一起仰望天堂。

唐小天对舒雅望说：一个人走会走得很快，两个人走会走得很远。这辈子我希望你能和我一起走。

舒雅望对狱中的夏木说：我等你。你不来，我不老。

狱中的夏木对舒雅望说：听说这个世界上有两种幸福，第一种幸福是两个相爱的人能够在一起，第二种幸福是所爱的人能够幸福。

舒雅望情归何处？影片留给观众一个开放式的结局。

《夏有乔木，雅望天堂》由韩国导演赵真奎亲执导筒，画风沿袭了他一贯的精致和唯美。"靖王妃"卢杉与颜值逆天的吴亦凡、乐天阳光的韩庚，以及邪性十足的韩国偶像周元同台竞技，上演了一场2016年夏天最为虐心的青春大戏。

尤其是吴亦凡，高冷酷帅的夏木仿佛为他量身定做的一样。就连冯小刚都说他"心里有戏，眼中有人"，这样的评价对于一个90后来说着实不低了。既会做事又会做人，吴亦凡果真没有让我失望。

散场的时候，我看见一个和舒雅望一样清秀的女孩儿，她哭红了眼、鼻甚至耳朵，因过于悲伤而不敢看人。我没哭也没暗笑她，试想谁的青春没有伤？

只有伤过，才年轻过。

《图兰朵》让今夜无人入睡

去哈尔滨，恰逢第三十三届"哈夏"正在举行。

"哈夏"，就是哈尔滨之夏音乐会。它与"上海之春""羊城音乐花会"并称为中国三大音乐节。在本届音乐会上，来自韩国的音乐剧《图兰朵》一经亮相，便搅动了一江松水，沸腾了哈尔滨的夏夜。

最初知道《图兰朵》，是源于张艺谋执导的歌剧《图兰朵》。它曾经在鸟巢开唱，并且在欧洲巡演。由于吉林市歌舞团参与其中，所以我对《图兰朵》也略知一二。但要道出它的来龙去脉，还得说是在这次"哈夏之行"之后。

图兰朵，是一位古代中国公主的名字；《图兰朵》，则是唯一一部讲述中国故事的意大利歌剧。

故事是这样的：在遥远而神秘的东方古国，公主图兰朵倾国倾城，吸引了无数王公贵族前来求婚。可她为报祖先被掳之仇，宣称所有的求婚者必须猜出三个谜语才能娶她，否则的话，就只能被砍头。三年下来，已经有无数人为之丧命。一天，流亡的鞑靼王子卡拉夫在广场上遇到亲自监斩的图兰朵，只消看了那么一眼便被她的美貌所吸引，不顾众人劝阻决定上前求婚。幸运的是，他答对了三个谜语。可图兰朵不肯轻易下嫁。于是卡拉夫答应她，只要在破晓之前猜到他的名字，自己就愿意被处死。图兰朵派人抓来他的父亲和侍女柳儿，深爱着卡拉夫的柳儿为保守秘密而自杀身亡。卡拉夫难忍心中的悲痛，一边痛斥图兰朵的冷酷无情，一边趁其不备强吻了她一下。这一吻打破了图兰朵心中的坚冰，卡拉夫也收获了他的爱情。天亮之前，图兰朵公告天下：卡拉夫的名字是"爱"。

这个故事出自阿拉伯民间故事集《一千零一日》，而不是我们所熟知的《一千零一夜》。1924年，意大利著名作曲家普契尼将其改编为三幕歌剧。它是普契尼最伟大的作品之一，也是他一生中的最后一部作品。

普契尼并没有到过中国，他仅有的与中国有关的音乐知识来自一只音乐盒。这只音乐盒是《图兰朵》的编剧希莫尼送给他的，里面叮叮咚咚弹奏的是一首走调的《茉莉花》。普契尼却马上从中找到了属于东方的音乐灵感。因为《图兰朵》，"茉莉花"成为欧洲最流行的中国音乐。

而作为第三十三届"哈夏"重头戏之一的《图兰朵》，则是一部来自韩国大邱的音乐剧。大邱市有着"音乐剧之都"的美誉。我查阅百度，如果用一句话来形容歌剧与音乐剧的区别，那就是歌剧以唱为主而音乐剧以演为主。当然二者之间还有诸多差异，那不是我今天想要探讨的。

韩国的音乐剧《图兰朵》对普契尼的作品进行了改编。剧中加大了柳儿的戏份，让图兰朵、卡拉夫、柳儿三分天下。它的主题是"爱与牺牲"。卡拉夫对图兰朵一见钟情，而为了这"一见"便甘愿献出自己仅有一次的生命，可见一眼万年并不是古老的传言。相比之下柳儿的角色设计得更为讨巧，她宁死也不肯说出卡拉夫的名字，带着"问世间情为何物，直教人生死相许"的壮烈与感伤，牺牲自己的爱情来成全他人的爱情。那一刻爱情在上生命在下，那一刻多少观众在别人的故事里流着自己的眼泪？

因为不熟悉歌剧《图兰朵》的旋律，也听不懂音乐剧《图兰朵》中的韩语，所以最终也不知道卡拉夫是否唱了《今夜无人入睡》。但可以想象，在许多年前的那个夜晚，卡拉夫眼望城堡，忐忑不安地等待那个破晓时分。与太阳一同升起的，或是爱或是死亡。可以想象，那是人世间最漫长的等待。

《今夜无人入睡》，是歌剧《图兰朵》中最著名的咏叹调。而音乐剧《图兰朵》，让观众慨叹爱情的伟大力量的同时，也注定让那晚的"哈夏"无人入睡。

十年后你的身边还有谁

9月16日，乔任梁走了。因为抑郁。距离我看由他主演的电影《我们的十年》仅仅十三天。

也就是说，十三天前，我是通过电影《我们的十年》刚刚知道谁是乔任梁的；十三天后，再次看到这个名字，他已经离世了。

《我们的十年》由赵丽颖、乔任梁和台湾演员吴映洁担纲主演，讲述了一个十年之间爱情离散、友情反目的故事。十年如一梦，睁开眼枕边人、身边人统统都可能远在天边。三千六百五十天过后，想想谁还会在你身边？

电影从2003年"非典"开始，到2013年雅安地震结束。"假小子"赵丽颖和"钢琴女神"吴映洁是校园好闺密，吴映洁心仪"IT达人"乔任梁，乔任梁却为赵丽颖所深深吸引。一段三个人的角逐就此展开。

十年过去了。"假小子"的头发渐长，由平底鞋换成了高跟鞋，身披婚纱嫁给了"事业男"范逸臣。"钢琴女神"和"IT达人"几度分合，最后女神罹病离去，留卜达人形单影孤。

而现实生活中，电影还在热映，乔任梁却选择"独自离开"。

张嘉佳说：十年醉了很多次，杯里洒过很多酒，桌上换过很多菜，身边换了很多人。

十年长吗？不长。十年短吗？也不短。那些扬言要陪你走完一生的人，总是走到半途就迷路了。以前我们一直向往的未来，其实最遥远的则是今天以前。很多人最后的关系，就是完全没有关系。

电影看的是别人，心里想的是自己。十年前谁在你身边？十年后你的身边还有谁？

西安：许你一世长安

我是带着路遥的《平凡的世界》第一次踏上西安这片土地的。

之前我对陕西的了解，大多出自路遥的《人生》、陈忠实的《白鹿原》和贾平凹的《秦腔》。三部作品展示了陕北、关中、陕南的文化地貌，三位作家成为这个文学大省的地理坐标。

夜色中的西安，下着蒙蒙细雨。街道两旁的建筑古朴方正，令这座三千年古城散发出一种沉厚的味道。而法国梧桐斑驳的树影，以及远处高楼璀璨的灯火，又带给人一种古老与现代不期而遇的美好。

择一城而居，无外乎美食和风景。张嘉佳说，美食和风景可以抵抗全世界所有的悲伤和迷惘。对女人来说，美食的确有一种很强大的治愈力量。

西安小吃多得数不胜数，光是一碗面就有四五十种做法。初来西安，羊肉泡馍万万不可辜负。

贾平凹在《舌尖上的西北》中这样描绘：馍掰如何，大、小、粗、细，足可见食者性情；烹饪师按其馍形，分门汤、干泡、水围城、单走诸法烹制，且以馍定汤，以汤调料，武火急煮，适时装碗。烹饪十年，身在操作室，便知每一进餐人音容笑貌，妙绝比柳庄麻衣相师有过之而无不及。

谁能想到吃一碗羊肉泡馍，竟可以将一个人的性情展露无遗？

而真正的西安人，吃羊肉泡馍是有仪式感的。我前桌的一位老者，把一个馍掰成百余块儿，且块块均等，没个把钟头怕是完不成的。西安人掰馍的过程，是珍惜谷物的过程，是享受生活的过程，更是向三秦大地致敬的过程。

徜徉在西安街头，免不了要向西安人问路。无论是关中汉子还是陕北婆姨，无不热情、爽快、宽厚、实诚地给你指指点点。西安人的性格就是黄土地的性格，就是西安城的性格。

作为世界四大古都之一，西安与雅典、罗马、开罗齐名。如果把中华民族的文明史比作一部精彩的历史剧，那么这部剧的一半都在西安上演。

早在一百多万年前的旧石器时代，西安的蓝田猿人就掀开了人类文明的一页。到六七千年前的新石器时代，先民们在此建造的半坡村成为母系氏族公社的典型代表。西安还是周、秦、汉、隋、唐等十三个王朝的都城，也是意大利探险家马可·波罗笔下《马可·波罗游记》中古丝绸之路的起点。悠久的历史、灿烂的文化，让一些外国游客一入境便直奔西安。

西安文物甲天下，因为西安本身就是一座偌大的历史博物馆。从神秘莫测的商周青铜器，到千姿百态的秦汉陶俑，件件珍品仿佛是一卷卷凝固的史书，使人产生一种穿越千年的隔世之感。

来到西安，古城墙是一定要上的。西安的古城墙是明城墙，已经经历了六百多年的雨雪风霜。

踏上块块青砖的时候，天空中依旧飘着淅淅沥沥的小雨。古城墙有四座城门，周长十三点七四公里。由于天色已近黄昏，要想徒步绕上一圈是不可能了。好在城门口有自行车出租，可我从小到大从未用过这种交通工具，在同伴的再三鼓励下，只好同意租一辆双人自行车。

古城墙上大红灯笼高高挂，但是不明原因地没有点亮。在墙外霓虹灯的映衬下，车轮碾着湿漉漉的地面出发了。一个半小时后，我们发梢滴着雨水手心冒着热气回到了原点。在西安古城墙上冒雨骑行，大概是迄今为止我能想到的最浪漫的事了。

西安有很多别称。西周称"镐京"，秦叫"咸阳"，汉称"长安"，隋作"大兴"，唐又称"长安"。其中以"长安"最为久远和著名。

在历史留给西安的文化遗产中，华清池是不能绕过的一笔。它与颐和园、圆明园、承德避暑山庄并称为中国四大皇家园林。从西周到盛唐，历代帝王均在此建有离宫别苑。华清池，见证了一场场旷世悲欢。

"春寒赐浴华清池，温泉水滑洗凝脂。"华清池既是唐朝的皇家浴场，也是唐玄宗和杨贵妃邂逅的地方。李杨二人缠绵悱恻的爱情故事，为其增添了一抹传奇。

华清池在中国革命史上也有着极其重要的位置，著名的"西安事变"就爆发于此。1936年12月12日的夜半枪声，令华清池又一次改写了中国历史。

那天本是要看大型实景演出《长恨歌》的，无奈因为雨大而停演，再看就得等到明年春天了。

其实用不上明年春天，西安我是想再来的。再来西安，我会嗅一嗅风的味道，云的味道，远古的味道。再来西安，我会仔细摸一摸秦砖，触一触汉瓦，感受一下这个不凡的世界。

西安，许你一世长安。一世长安，醉梦千年。是谁的轻语传到了我的耳畔？

你的少女时代是否有个徐太宇

又见徐太宇。在《时尚先生》杂志上。他的扮演者王大陆嘴角上扬眼神不羁地完成了与《时尚先生Esquire》的对话，题目是"王大陆：资深鲜肉"。

王大陆演活了徐太宇。在他第一次担任男主角的台湾电影《我的少女时代》里。去年11月19日，这部电影在内地首映。去年王大陆二十四岁。在被所有人记住名字之前，他有一段长达七年的龙套生涯。

从赵薇的《致我们终将逝去的青春》到前不久的《我们的十年》，校园电影我几乎都看过。为什么一直选此类影片？倒也与装嫩、怀旧、幼稚等等无关，实在是因为搞笑的不好笑、玄幻的看不懂、打杀的又承受不了。

相比一些跟风而上的青春电影，《我的少女时代》要甩下他们好几条街。

影片讲述了平凡女孩儿林真心和校园霸王徐太宇的初恋故事。林真心原本是暗恋"校草"的，徐太宇也对"校花"展开了明目张胆的追求。但是路人少女和无良少年是入不了"校草"和"校花"的法眼的，无奈之下林真心和徐太宇组成失恋阵线联盟，不承想却在联手追爱的过程中暗生情愫。

和"那些年我们一起追的女孩儿"沈佳宜不同，林真心外表普通又笨又傻，头发蓬乱满脸雀斑，还戴着深度近视眼镜。这样的林真心非但不是男生眼中的校花，而在徐太宇看来简直就是一个笑话。

但是野百合也有春天。喜欢的未必合适，最好的往往就在身边。

除了不美不够聪明以外，单纯、善良、上进、努力、勇敢、担当……几乎所有的优点在林真心身上都能找到。丽质可以天生，品质却需要后天养成。在与林真心的日渐接触中，徐太宇终把目光从"校花"身上收回，开始关注这个在其左右、放在人群里就会被湮没的女孩儿。

爱是人世间最为强大的力量。女生在成为男生唯一的女主角后开始变美，而男生则开始变好。林真心理顺了头发，摘下了眼镜；徐太宇做回自己不再打架，还考进年级前十英雄榜。

一切向好。然而初恋的魅力是刚想开始却要结束了。徐太宇匆忙去了美国，临走留下一盘磁带向林真心告白："即使你又矮又笨，还喜欢别的男生，可我还是很喜欢你。"至此林真心才确定：她喜欢的那个男生，原来也悄悄地喜欢她呢！

影片的主题曲《小幸运》再度响起：

> 与你相遇好幸运
> 可我已失去为你泪流满面的权利
> 但愿在我看不到的天际
> 你张开了双翼

林真心，真心好幸运。她是那些年我们"没"一起追的女孩儿，她有点儿平庸的少女时代却被徐太宇点亮了。在徐太宇的注视下，林真心发现了自己的与众不同，发现自己拥有除了美丽之外的别样魅力。

每个女生都有一个少女时代，每个女生的少女时代不一定都有一个徐太宇。

徐太宇让王大陆一夜成名。在《时尚先生Esquire》专访即将结束的时候，王大陆说他的新片《鲛珠传》刚刚杀青，正在拍摄爱奇艺的网剧《鬼吹灯·牧野诡事》。

王大陆的这两部作品估计我都不会去看了，所有平凡女孩儿的少女时代有一个徐太宇就够了。

谁对"双十一"无动于衷

11月11日，它和所有的日子一样，每年都会前来造访一次。

原本是个稀松平常的日子，但它一眼望过去，四个阿拉伯数字像极了四个茕茕孑立的背影，所以年轻人又戏谑地称它为"光棍节"。

这个日子人为地属于单身一族也就罢了，谁知近年来它却越来越为世人所瞩目，令其名声大振的，则是"双十一网购狂欢节"。

"梦想还是要有的，万一实现了呢？"就像11月11日，谁能料到它现在火成这样了？

我不知道"光棍节"究竟始于哪一年，但"狂欢节"确实是源于2009年。那年的"双十一"天猫首次举办促销活动，全天营业额五千二百万元。而今"双十一"已经成为中国电商的年度盛事，并逐步影响到国际电子商务行业。

我是不太热衷于网购的，仅有的几次买衣经历都不算成功，要么是尺码不合，要么是质地不佳，更不用说去赶"双十一"这个热闹了。与其说我学会了网购，倒不如说我掌握了一门技术。

但是今年的"双十一"让我不再淡定，它的来势如此凶猛如此让人猝不及防，其范围也不仅仅限定在"11·11"那一天。

一进入十月，先是广告投放逐日递增，紧接着优惠券铺天盖地、红包雨纷纷落下，这样的预热席卷了每个人的生活。试问还有谁，能在"双十一"这天无动于衷？

不能无动于衷也不能任性地买买买。"双十一"前一天，《江城清风》发出告诫文章：党员干部不可以在上班时间网购，网购奢侈品要三思。前者是一定要遵守的，后者有心但觉实力不够。

无论"双十一"的诱惑有多大，也无法像年轻人那样等到零点敲钟了。况且事先没做任何功课，购物车里一件商品也没有，就更没有必要去点那个灯熬那个油了。

还是要感谢移动端的介入，它让"剁手党"们躺在床上就可以下单。第二天晚上，在好奇心的驱使下，我打开手机淘宝，怎料太久没上网购物了，账户名称和密码已然忘记。好在经过几个回合，在把所有与自己有关的号码都填写一遍之后，竟然也稀里糊涂地成功登录了。

天猫的页面五花八门，各种促销令人眼花缭乱。"双十一"仿佛有双透视眼，能洞察我之所需，一件粉色大衣明晃晃地晃来晃去，撩拨得我不拍下好像就不能咽下这口气似的。

"双十一"不仅线上销售火爆，线下实体店也纷纷加盟，网上说不少"店商"允许顾客抄货号，试图与"电商"一决高低。听说就连大福源，在"双十一"那天也有点儿像过年。

2016年的"双十一"，天猫仅用五十二秒交易额就达十亿元，全天更是突破千亿元大关。二百三十五个国家和地区参与其中，六点五七亿个物流订单，这些数字无一不在昭示着"双十一"的强劲势头！如今再提"双十一"，"狂欢节"的名气要远远盖过那个有点儿自嘲色彩的"光棍节"了。

我的粉色大衣还在路上，大概需要两周多才能到货。但这丝毫也不影响我对它的期盼。慢一点儿也好，听说粉色大衣和雾凇冰雪更配哦。

　　"双十一"已过，该来的还没来。明年的这个日子我想我会提早下单，有时候参与也许比旁观要好许多。

我猜中了开头却猜不到结局

我同学从国外回来了。因为不想告诉大家她是谁，所以就不具体说是哪一个国度了。

她辗转找到我的电话，我忙不迭地去赴她的约。我们有三十一年没见面了，中间至少有二十几年别无消息。但我还是不消费劲儿便将她认了出来。

我的这位同学小时候就很出众。倒也说不上究竟是哪里长得好，但是整体看上去就是愿意让人多瞅两眼。她虽然美得不够强势，但是美得自然美得舒服美得耐看。

几句寒暄后，便谈到了她的家庭。原来她老公也是我们同学。我还记得他的样子，细眉细眼清清爽爽的，那年代没有"哈韩"一说，要是放到现在，也绝对是帅气的"欧巴"一枚。

关于他们，上学的时候就有风言风语。但是他们把谣言变成了事实。上了高中，他们分在两所学校接着好；上了大学，他们分在两座城市依然好；去了国外，他们结婚生子再也不想分开。

正当他们心满意足的时候，在一个看不出任何迹象的早晨，他如往常一样推开家门却再也没有回来。而且一走就是十年。

十年间她不敢搬家不敢换锁，更不敢在夜里关掉客厅的灯。

我问她，就这样等下去吗？她说，除非有了确切消息。又说，没有消息就是好消息。

她和他的故事，我猜中了开头却猜不到结局。

谁还说过类似的话？原来是"紫霞仙子"朱茵。

在《大话西游》中，朱茵对周星驰饰演的至尊宝说："我的意中人是个盖世英雄。我知道有一天，他会在一个万众瞩目的情况下出现，身披金甲圣衣，脚踏七色云彩来娶我。"

戏里戏外，周星驰都是她的盖世英雄。那段时间，两个人一度到了谈婚论嫁的地步。然而仅仅维系了三年多的光景，这段感情便不得不结束了。

朱茵说，这种刻意隐藏的恋情令她难堪，"盖世英雄"的花心让她没有尊严。他被她划入"此生都不会原谅的人"，她和他从此再无交集。

只有挥别错的，才能和对的相逢。

其后朱茵邂逅Beyond乐队的歌手黄贯中。虽然女强男弱的搭配不被看好，但他陪她去完成她所有想做的事，他把她当作珠宝一样向世人炫耀，他努力改变自己只为能配上更好的她。他把她宠上了天。

"如果上天能够给我一个再来一次的机会，我会对那个女孩子说三个字：我爱你。如果非要在这份爱上加一个期限，我希望是一万年。"不介意至尊宝曾经对紫霞仙子许下的诺言吗？

"要怪只能怪自己没有早一点儿出现，不能早一点儿保护她。"我想这该是黄贯中的回答。

原来最好的幸福，都是他给的在乎。

在2016年第六届北京国际电影节上，朱茵一袭白色长裙亮相闭幕式。当晚黄贯中在微博上写道：她把美的标准提高到了一个令人沮丧的层次。

相恋十八年，她和他把爱的标准提高到了一个令人艳羡的程度。她和他以及他的故事，我也猜中了开头却猜不到结局。

也罢。席慕蓉不是说了吗？当我猜到谜底，岁月早已换了谜题。

岁月是朵两生花

要不是看了电影《七月与安生》，我还不知道安妮宝贝改笔名为"庆山"了呢。为什么是"庆山"？她说，喜欢"庆"的喜庆和"山"的灵性。

作为最早从网络崛起的畅销书作家，安妮宝贝的代表作我是晓得的。比如短篇小说集《告别薇安》。但是是否有看，已经全然忘记了。

《七月与安生》就出自《告别薇安》，讲述了两个女孩儿共生共息、相守相离的成长故事。

如果说所有的相遇都是久别重逢，那么谁在谁的生命里出现都是被安排好了的。

七月与安生在十三岁那年相遇了。七月的生活完好无损，安生的家庭支离破碎。乖巧、含蓄、安稳的七月，映衬着不羁、奔放、漂泊的安生。但这并不妨碍她们如影随形，两个女孩儿就像一株寂寞的水仙花开并蒂。

大多数时候，我们都愿意结交和自己相像的朋友。身边朋友的三观就是自己的三观，而七月与安生却打破了"物以类聚，人以群分"的古话。

友谊在如此对立的两个身体里疯长。她们在一张桌子上吃饭，在一个浴缸里沐浴，在一张大床上睡觉。她们分享着彼此的一切。有些话只能说给对方听，因为也只有她才能听得懂。

生命中是否也有那么一个人，可以坦诚地和你分享所有的事情？

家明的出现，让这朵两生花变成三人行。家明既接受了优等生七月的表白，也不能拒绝酒吧女安生的诱惑。在家明眼中，安生就像一棵散发诡异芳香的植物，会开出让人恐惧的迷离花朵。但是每一个家明都会娶一个七月回家。

大概就是从那个时候起，七月与安生想要交换人生。七月向往安生的自由，安生羡慕七月的安稳。日子过得太久，日子和我们终会相互嫌弃。

在现实生活中，有几个人不曾看好别人的人生？总以为自己抓了一手烂牌，而别人是含着金钥匙掉在了福堆里。殊不知各有各的难处，如人饮水冷暖自知。

为了七月，安生选择离开，她带走家明的项坠从此四海为家；为了安生，七月让家明逃婚，这样她才有理由活成安生的样子。七月与安生不问前路如何，因为她们知道，倘若一个人回头，另一个人一定会在原地等候。七月对安生说："我恨你，但我也只有你。"对于七月与安生来说，家明只是生命中一个浅浅的过客。

人生满是变数，人们无法从寂静的表象猜出暗涌的波涛。但有谁喜欢一眼望到头的人生？不可预知才是我们活着的最大魔力。

漂泊的安生过上了安稳的生活，安稳的七月却开始了漂泊的人生。

"如果踩住一个人的影子，就会和这个人在一起一辈子。"安生踩住了七月的影子，但是七月的一辈子太短暂了。她的生命止于二十七岁，可原本是安生说自己活不过二十七岁的啊？命运让我们再一次见证了它的嚣张与强势。

没有了七月的安生，剩下的日子就是将就。她只有把自己变成七月，才能安稳地过完余生。她以七月之名记录了纷纷过往，这就是《七月与安生》。

看完这部电影没几天，有朋友给我送来一个电子书阅读器，我想下载的第一部小说就是《七月与安生》，但是为了向曾经的安妮宝贝今天的庆山致敬，想想还是去书店买一本吧。

"如果没有你，我不会站在这里；如果没有我，你也不会站在这儿。" 昨晚第五十三届台湾电影"金马奖"揭晓，七月与安生的扮演者，马思纯和周冬雨双双斩获最佳女主角。七月与安生，原本就是一个人。

世间最美的相遇，是遇见另一个自己。七月与安生，终于成为彼此却又失去彼此。她们是岁月催开的两生花，一朵绽放另一朵也随之绽放。

每个人的十二月都没那么简单

认识黄小琥，是通过综艺节目《蒙面歌王》。她的那首《没那么简单》，是闺密的拿手曲目：

没那么简单

能找到聊得来的伴儿

尤其是在

看过了那么多的背叛

总是不安

只好强悍

谁谋杀了我的浪漫

没那么简单，每个人和他（她）的十二月。

朋友圈在11月28日那天，就开始频频提醒，距离2017年元旦还有三十三天。也许是那部电影太有名的缘故，我马上意识到：2016，你和所有人失恋也只剩下三十三天！

如果是一场恋爱，彼此知道会在某年某月的某一天分手，那么从即日起好好珍惜，或许已经牵了手的手这一生都不再松开。但是2016年不同，她三十三天后一定会绝尘而去。

这世界每天都有无法掌控的事情发生。把握自己能把握的，迎接那些迟早该来的。既然2016年要走，那就和属于她的每一天认真道别。

没过几天，朋友圈又被"再见十一月，你好十二月"刷屏。一年之中的最后一个月果真来了，不管你接受还是不接受。

是否有未曾抵达的远方？趁一场大雪还在酝酿。

最冷莫过于十二月。可是今年的十二月，气温依然在零上徘徊。有一天竟然高达摄氏五度。我端杯咖啡站在窗前，窗外阳光正好且微风不躁，暂时忘却了寒冷的人们，正在享受冬日里的最后一抹暖阳。

但是寒冷终是要来的。"十一月尚未到来，透过她的窗口，我望见了十二月，十二月大雪弥漫。"这是作家林白的短诗《过程》中的最后几句。

十二个月便是一生，十二月是一生中的最后阶段。无论结局如何，重要的应是过程。"十二月大雪弥漫"，弥漫的大雪将把一切埋葬。然后，重生。

冬至未至，夜就一日长似一日。夜一长，心事也就有了安放。夜太黑，但也让人卸下了伪装。月光如水般薄凉，这样的晚上有没有月亮都一样。

十二月再冷再黑，也得一天一天地过。好在这个月也只有三十一天。尤其是冬至过后，太阳从南回归线转身，阳气开始慢慢上升，正能量逐日积聚。走过十二月，也就走过了四季走过了自己。

相爱没有那么容易
每个人有他的脾气

过了爱做梦的年纪

轰轰烈烈不如平静

幸福没有那么容易

才会特别让人着迷

什么都不懂的年纪

曾经最掏心

所以最开心　曾经

　　黄小琥的歌声在十二月里继续。十二月没那么简单，每个人也没那么容易。

你的智齿痛了吗？

我有三颗智齿。左上右上和右下。且都规规矩矩的，而非阻生智齿。

所谓智齿，顾名思义就是"智慧之齿"。大多数人的智齿都是在心智成熟时期萌出的，比如豆蔻之年。

智齿也叫立事牙。一个人长智齿了，说明这个人开始懂事了。因为是在口腔的最里面，预留的空间较比局促，智齿难以自由生长，所以萌出的时候常有痛感。

韩国有部阐释初恋的电影叫《智齿》，因此韩语也称智齿为"爱情牙齿"。初恋总是徘徊在爱与痛的边缘，爱有多深痛就有多深。它们就像一对孪生兄弟，始终比肩站在同一高度。

据说智齿全部萌出会有四颗。每个人的情况各有不同，有的有一至两颗，有的则终生不长。既然叫"智齿"，不知道是不是长得越多智慧也就越多？

如果智齿越多智慧也越多，那么我的三颗刚好处于中上游。四颗有点儿高处不胜寒，一颗有点儿说不过去，要是不长就彻底傻眼了。既没有聪明绝顶也没有智力低下，虽比上不足但比下还略有盈余，这说明我先天很好，三颗智齿令我置身于一个比较安全的范围内。我很满足这样的配置，也很享受这样的状态。

智齿是不参与咀嚼的。由于生得太靠后，平时刷牙很难照顾到，所以智齿容易引发诸多炎症。它和阑尾一样，发挥的作用微乎其微，却时不时地出来戏谑你一下，以疼痛的方式提醒大家它们的存在。

智齿就像一个埋伏在体内的定时炸弹，说不上啥时候就会引爆。智齿一生气，后果很严重。

我的三颗智齿均未发炎，所以至今也没有疼过。但是左上和右上先后不明原因地有所缺失，这样就导致上面的两颗智齿各有一个豁口，这个豁口令其靠近两腮的地方变得十分锋利，好比两把宝剑不仅横亘在两腮深处，而且经常把口腔内壁磨得渗出血丝。我已经不爽它们很久了。

去看牙医。牙医说：拔掉吧，智齿早晚会痛。牙疼不是病，疼起来却要命。

别无选择，长痛不如短痛。好在我的两颗智齿长得亭亭玉立，牙根直上直下并不顽固，在我还没有完全做好准备的时候，医生就像变戏法似的结束了战斗。有些事情还没开始便结束了，拔牙也是一样。

拔智齿并不都这般顺利。有个姐姐和我一起去的，她的智齿属于阻生智齿，就是在牙槽里横着长的那种，牙根弯曲并有多个根茎。我亲眼所见医生拔得直冒虚汗，那位姐姐却咬紧牙关一声不吭。原来智齿也会欺负人啊，你越坚强它就越较劲儿。已经过去七天了，姐姐的伤口还在隐隐作痛。

失去了两颗智齿，我的两腮小了一圈。脸型稍有变化，且呈向好的趋势。有失有得，才是人生。

我又想起金晶恩主演的《智齿》。影片的结尾，她的智齿疼了起来。这颗智齿迟早是要拔掉的。只有拔掉疼痛的初恋，下一段爱情才可以好好开始。

　　如果你爱谁，下辈子就要当他的智齿，而且最好还是阻生的。若想拔掉你，他一定会很痛。

　　一颗智齿，就是生命中的一个过客。它的出现就是为了让你感知疼痛。若没有疼痛，哪来的成长？

　　你的智齿，开始痛了吗？

《六弄咖啡馆》里的那些事儿

在说那些事儿之前，我必须告诉大家，这部电影我不是进影院看的。

一般情况下，每有新片上映，我都会选个舒适的放映厅，坐在那里慢慢观看。遇到好看的3D电影，偶尔也会去VIP躺着欣赏。电影只有在大银幕看，才是对电影人的尊重。

这次邂逅《六弄咖啡馆》，得益于吉视传媒的业务升级。免费升级后的机顶盒，最大的功能就是"打开电视看电影"。在数十部备选新片中，我一眼就看到了《六弄咖啡馆》。这个名字让我想起了获得多项大奖的韩国电影《八月照相馆》。

可是打开一看，《六弄咖啡馆》竟是一部不折不扣的青春电影。最近我总是看青春电影，不管是有意为之还是纯属意外。没有怀旧也无伤可疗，或许就是喜欢青春的那份纯粹吧。

这是一部地道的台湾电影。男孩儿小绿生长在一个单亲家庭，妈妈一个人把他从小带到大。高中的时候，成绩不好的小绿暗恋班里的学霸阿蕊。他愿意为她做所有的事，并且愿意为她改变自己。其实暗恋也有暗恋的好处，因为不可得也不怕失去。

但是渐渐的，小绿一个人的暗恋变成了他和阿蕊两个人的喜欢。他喜欢她的一切，她则喜欢"他喜欢她"的样子。

高中毕业后，小绿和阿蕊分别在高雄和台北开始了大学生活。两座城市相聚三百六十公里。这是一个小绿拼命想缩短、阿蕊却怎样也等不及的距离。小绿给的是千里迢迢的感动，阿蕊要的是平淡如水的陪伴。

小绿的心里只有一个阿蕊，而阿蕊的心里还有一座咖啡馆，有一个属于自己的海阔天空。小绿想和阿蕊回到家乡去过从前的日子，而阿蕊却想去看看外面的世界，去拥抱更为宽广的人生。

同龄男女的爱情，女生似乎要比男生早熟一些。这是一个秘而不宣的道理。

"你好像忘了长大。"阿蕊对小绿说。阿蕊知道自己的目标，却不知道怎么引领小绿去一起实现。爱情在看似无敌的青春面前一败涂地，小绿更是因为无法面对不可预知的未来而给世界留下一个决绝的背影。

"六弄"并不是地名，它是小绿人生的六个阶段。每一弄可能是一个出口，也可能是一条死胡同。

"生在一个与一般人不同的家庭，是我人生的第一弄；爱上了你，是我人生的第二弄；注定般的三百六十公里，是我人生的第三弄；失去了你，是我人生的第四弄；母亲的逝去，是我人生的第五弄；在这五弄里，我看不见所谓的出口，出现在我面前的，尽是死胡同。该是结束的时候了，该是说再见的时候了。再见世界，是我人生的第六弄。"

人生六弄，让小绿的生命戛然而止。年轻的时候就会这样，觉得有些事是可以用命来抵的。等到成年之后，才知道说不定还有多少"弄"埋伏在前路上，而命只有一条，哪一弄都抵不上这一条。

成人世界中的一切都没有那么绝对。这大概是成长的可贵与可悲之处。

《六弄咖啡馆》的几个主创，其戏外比戏里更具话题性。

编剧兼导演是台湾作家吴子云，电影就是根据他的同名小说改编的。说吴子云可能不大有人知道，但是提"藤井树"可就厉害了。藤井树不仅是吴子云的笔名，还是日本电影《情书》中男（女）主角的名字，另外上海还有个女藤井树，是位知名的影评人。我想可能是《情书》太经典了，他和她以此向岩井俊二导演致敬吧。

吴子云的小说有好多，像代表作《我们不结婚好吗》等等，但是要论亲执导筒的作品，《六弄咖啡馆》还是第一部。有说这部电影和《那些年我们一起追的女孩儿》《我的少女时代》并称为台湾青春电影三部曲。不知道这样的评论是否有些虚高？

电影于7月28日登陆各大院线。在上映之前，吴子云因在脸书上有不当言论而被网友扒出疑似"台独"并予以抵制。如果真是"台独"，就会失去大陆庞大的市场，到了那个时候，恐怕连哭都找不着北。凡是来大陆吸金的艺人，都要言行一致好自为之。

电影中的小绿是绝对的主角，他的扮演者董子健一出道就主演《青春派》《山河故人》等多部重头戏。这个土生土长的北京男孩儿，既没有太高的颜值也不玩酷耍帅，但是所有人都看出来了，他正朝着好演员的路上一步一步地踏实前行。

颜卓灵是谁？她就是阿蕊。颜卓灵十三岁在香港出道，扮演台湾少女也丝毫没有违和感。要不是看她的资料，竟没有认出她是《北京遇上西雅图之不二情书》中的少年娇爷，可见她的演技不是一般的好。

董子健和颜卓灵两个人同为1993年出生，都在多个电影节上获得"最佳新人奖"的提名或奖项。

片中另外两位主演是林伯宏和欧阳妮妮。前者凭萧柏智一角打败曾志伟，夺得第五十三届台湾电影"金马奖"最佳男配角奖；后者出身于演艺世家，爸爸是台湾演员欧阳龙，姑姑是旅日歌手欧阳菲菲，两个妹妹分别是拉大提琴的欧阳娜娜和会跳舞的欧阳娣娣。两位配角的表演不逊于董子健和颜卓灵。

《六弄咖啡馆》的票房远不及《那些年我们一起追的女孩儿》和《我的少女时代》，但是其中关于青春、成长、生命和死亡的探讨，仍使其不失为一部有情怀有质感的电影。

片尾是孙燕姿献唱的《半句再见》：

　　一张照片　半句再见
　　尘封的纪念
　　用眼泪把你复习一遍
　　残缺的诗篇　遗忘的誓言
　　谁的脑海有张忘不掉的脸
　　……　……

若干年前的12月11日

12月11日是公历一年中的第三百四十五天（闰年第三百四十六天），离全年结束还有二十天。

公元220年的12月11日，曹丕建立魏国，结束了汉朝四百多年的统治。

曹丕与其父曹操、其弟曹植，不仅是政治家、军事家，还同为文学家，三人合称"三曹"。曹操的《龟虽寿》《短歌行》、曹丕的《燕歌行》《典论·论文》、曹植的《洛神赋》《白马篇》都是文学史上脍炙人口的名篇。而流传最广的还要数曹植的《七步诗》："煮豆燃豆萁，豆在釜中泣。本是同根生，相煎何太急？"其意义已经远远超过诗作本身，成为兄弟争权夺位、反目成仇的写照。

1936年的12月11日，英国国王爱德华八世宣布退位。他在广播里发表讲话："我的朋友们，没有我所爱的那个女人的帮助和支持，我感到不可能承担我肩负的责任。"那个女人就是辛普森夫人。当时王室、内阁、议会和民众均反对爱德华八世迎娶这位两度离婚的美国平民女子。但是他不为所动，依旧"不爱江山爱美人"。

退位后的爱德华八世被其弟乔治六世国王封为"温莎公爵"，从此顶着这个头衔与辛普森夫人在法国终老一生。日后坊间对其退位也另有版本。虽然真相有时候并不美丽，但是它从来就只有一个。

若干年前的12月11日，曹丕从曹植那里争得世子，从而顺利当上皇帝；若干年后的12月11日，爱德华八世放弃了一顶王冠，从而让位于乔治六世。有争有让，有得有失，岁月不语，唯石能言。

1803年的12月11日，法国音乐家柏辽兹出生。

据说有位青年找到柏辽兹，他演奏了自己创作的曲目，想得到大师的指点。不料柏辽兹说："我毫不隐瞒地对你说，你没有一点儿音乐才能，我这样痛快地给你这个结论，是为了让你赶快放弃音乐而另谋出路。"年轻人听了，顿感羞愧不安，逃离了柏辽兹的家。

当他走到街上，只见柏辽兹从窗口探出头来，高声地冲他喊道："我不改变刚才的评语，但我得补充一句，大师们当初对我也这么说，真的是一模一样！"青年从中受到鼓舞，经过不懈努力终于成为作曲家。

柏辽兹一生创作颇丰，代表作有《幻想交响曲》《葬礼与凯旋》《罗密欧与朱丽叶》《哈罗尔德在意大利》。他的名字同作家雨果、画家德拉克洛瓦相提并论，堪称法国"浪漫主义三杰"。

2011年的12月11日，著名作家、诗人柯岩辞世。她是一位全能式作家，一生创作了大量的儿童诗、剧本、长篇小说、报告文学等。诗歌《周总理，你在哪里》、长篇小说《寻找回来的世界》、报告文学《癌症≠死亡》，均是柯岩的代表作。她和著名诗人、剧作家贺敬之伉俪情深，两个人在半个多世纪的风雨里携手穿行。

柯岩说："古人把绿绿的小苗称为'柯'；'岩'就是大而坚硬的石头。凡是能在岩石上成活的树，它的根必须深深地扎进大地。我取'柯岩'为笔名，因为我知道写作是一件很难的事，我决心终生奋力攀登，从而使我的作品能像岩石中的小树那样富有生命力。"

若干年前的12月11日，法国迎来了日后成为浪漫乐派代表人物的柏辽兹；若干年后的12月11日，中国文坛失去了一位始终把自己根植于生活这片沃土的作家和诗人柯岩。有生有死，有来有走，时光无悔，流年不负。

同样在12月11日这天：公元316年，西晋灭亡；1754年，《儒林外史》的作者吴敬梓逝世；1972年，阿波罗17号宇航员登上月球；1981年，中国首次举行托福考试；1996年，董建华当选香港特别行政区第一任行政长官……历史上的每一天，都是那么喜忧参半。

若干年前的12月11日，我从妈妈的肚子里爬出来，睁开眼睛发出了第一声啼哭。

这样就很好

终于，2016年就剩下最后一天了。

12月31日，这天是星期六，因为不用上班，所以我可以静静地感受时间的流逝。

无论人心怎样浮躁，分秒依旧从容不迫地嘀嘀嗒嗒。

最后一天一大早，朋友圈就出现了"献给2016年的十二首诗"，倒着数每月一首，似乎是要"沿着诗歌的时间，返回我们自己"。

第一眼看到的是12月，湖北女诗人余秀华的诗作《这样就很好》：

春天消逝了

树枝上还有浓稠的鸟鸣

这样就很好

听不见鸟鸣

却有一个露水丰盈的早晨

这样就不坏

这个早晨不是故乡的

是在路上

这样也很好

我不知道你在哪里

但知道你在世上

我就很安心

我不知道你在和谁说话

但是知道你用的口音

仿佛我听见

人间有许多悲伤

我承担的不是全部

这样就很好

2015年元旦刚过，余秀华曾以一首《穿过大半个中国去睡你》一夜成名。时隔两年，她出了三本诗集：《月光落在左手上》《摇摇晃晃的人间》和《我们爱过又忘记》；时隔两年，她当选为钟祥市作协副主席，她走出横店村去了很多从未去过的城市，她与丈夫协议离婚恢复了自由身。

时隔两年，她从"脑瘫诗人"变得更像诗人；时隔两年，她从一个村妇变得更像女人。余秀华说，改变的都是外部环境，我的心还在原来的频率上。

"人间有许多悲伤，我承担的不是全部，这样就很好。"余秀华再次让我相信，上天给每个人的礼物都是不一样的。

最后一天下午，我去看了电影《摆渡人》。该片的导演是张嘉佳，此前看过由他担任编剧的《从你的全世界路过》。可是这回看《摆渡人》，并非完全是冲着张嘉佳去的。它的监制名头更大，是那个始终不肯摘下墨镜的王家卫。

影片无江无河无船无帆。所谓"摆渡人"，就是能够把他人从痛苦中解救出来的人。他们摆渡的，是所有人内心深处的江河两岸。

和《从你的全世界路过》一样，《摆渡人》依然围绕三段情感故事而展开。

梁朝伟、金城武、Angelababy是这个城市的摆渡人，他们攻无不克让"信者必渡"。然而已所难渡，安能渡人？梁朝伟放不下与杜鹃的不了情；金城武难以割舍失去记忆的张榕容；Angelababy始终笼罩在陈奕迅的光环下。每个摆渡人都迷失在自己的故事里。

世上真有摆渡人吗？替人摆渡，其实是在帮自己放下。只有自己才是自己的摆渡人，所有落水者最后都只能独自上岸。

在近两个小时的时间里，陈奕迅的《十年》反复响起，成为《摆渡人》最主要的记忆担当。"十年太长，什么都有可能会变；一辈子太短，一件事也有可能做不完。"

时间一直向前走，没有终点只有路口。

2016年的最后一天，其实它就是生命中再平常不过的一天。如果非要给它一个仪式的话，那么我想向所有的日子致敬！

2016年的最后一天，不念过往不畏将来。

这样就很好。

梦里雪乡

心绪繁杂的时候，最好去雪乡走一趟。穿越了苍莽延绵的林海雪原，淹没在山坳中的雪乡渐隐渐现。

虽然我家乡的冬天也不乏白雪，可雪乡的雪还是令我吃惊得有些恍惚。在踏及雪乡的一刹那，我竟然有些怀疑，自己是否真的还置身于尘世之中。

走进雪乡，凡俗便离我而去，剩下的只是一个冰清玉洁、空灵隽永的世界。漫天雪花彻夜不停地飞舞，这在雪乡是常有的事。

雪乡雪后的清晨像一首清新的诗，又似一幅雅致的画。在诗与画之间，显现生命律动的是那担水的农家女，既朴实能干，又落落大方。

微风过处，卷起的雪雾像一层白纱将整个雪乡罩住。而房檐上那不经意挂上去的红灯笼，虽是这银白色调中的另类，却给冬日的雪乡平添了些许暖意。

雪乡的冬季是不容易看到壮汉的，因为这是个伐木的好季节，很多男人都上山放木去了。远离了女人和孩子，便远离了一份温馨和亲情。低矮棚屋，粗茶淡饭，雪乡男人的脸上却隐约闪露着一份淡然和从容。那是一种在男人堆里也称得上很男人的气概与洒脱。每锯倒一根木头，他们便把对妻儿的爱藏在其中。在婉转悠扬的喊声中，雪乡男人的生命便在这林间流转，年复一年。

在积雪和木栅栏间穿行，我眼中的雪乡粗犷与柔美兼容，苍劲与精致并存。在这里最独到的景致，莫过于雪堆成的屋檐了，层层叠叠，错落有致。单是那份独特便夺走了人们的视线，不动声色地掳去了人们的心。

大凡来过雪乡的人，都会不由自主地在这座山前驻足。不用泼墨点染，也不用刻意着色，山的原貌便是画中的经典。可面对这秀美奇山，画家们却不敢落笔，觉得它美得有些失真。作家们也望而兴叹，觉得穷极所有也难以描绘它的神韵。倒是有一个摄影家，"咔嚓"把它摄入镜头，拿着照片去参加国际影展，结果得了个银奖。从此，有人也把这座山称为"获奖之山"。

雪乡的雪从十月开始飘落，一直到第二年的初夏。因为雪大，很多人一辈子都没有走出大山。因为雪大，他们无从知晓外面的世界。可问起雪乡人，他们是否因此而感到不便甚至讨厌雪时，他们都笑着说：习惯了。之后便反问你：不觉得我们这里很干净吗？那神情和雪乡一样的纤尘不染。

在人气躁动的今天，雪乡人仍能以一颗平常心，平和地看自己，看别人，也看这个世界。这无疑是一种天赐，也是一种难以附庸和雕琢的品格。

随着岁月的更迭，雪乡正穿透历史的尘埃，穿越时空的交错，与外面的世界扑面相遇。越来越多厌倦了纷繁与嘈杂的都市人来到雪乡，在休闲中领略这份似梦似真的朦胧与缥缈。

又是一个银白的雪乡的落雪清晨，我找到了来时的路。回首雪乡，就像我的一个梦境，有种无法触及的虚幻。

雪乡，我的梦幻之乡。

周星驰：大年初一就伏妖

有才华的男人长啥样？我想周星驰大概是其中的一款。目光疲惫而生涩，华发早生却不谙世故。这样的男人，因为满脑袋都是"事"，所以便没了一点儿余分来琢磨"人"。

周星驰老了，但有才华的男人不怕老。老去的是岁月，留下的是作品。比如，《西游·降魔篇》和《美人鱼》分别排在2013、2016农历新年档，而《西游·伏妖篇》则又如法炮制，在丁酉鸡年的大年初一与大家见面。大年初一的档期，没有点儿金刚钻儿是揽不了这个瓷器活儿的。

虽然《西游·伏妖篇》的导演是徐克，但是身为编剧和监制的周星驰让这部电影更像是"周星驰的电影"。由于《大话西游》太过深入人心，所以只有周星驰天马行空的想象才能让"西游"题材变成了现在这个样子：人还是那些人，事儿却不完全是那些事儿。

大年初一，漫漫西行。师徒四人，降魔伏妖。作为《降魔篇》的续集，《伏妖篇》继续探讨渡人与渡己、众生大爱与一己私爱这个终极命题。

伏妖的过程也是成长和改变的过程。影片采取传统的三段式来结构：

西行之初，路遇蜘蛛精。以王丽坤领衔的蜘蛛精们美是美了，可就是美得有些过头了。就像一个平庸的男人娶了一个hold不住的女人，眼不净心不安日子总是觉得不踏实。何况太过妖艳也容易令人生疑，所以蜘蛛精们吐出的"情丝"是网罗不住师徒四人的。蜘蛛精败在了太美。殊不知美是以真来垫底的，美得失真就不美了。

蜘蛛精现形了，白骨精还会远吗？如果说美艳的蜘蛛精具有极高的辨识度，那么我见犹怜的小善却无法让人一眼看穿。林允版的小善来者不善，其实她是一堆白骨化成的妖精。她的浅笑低语让唐僧动了凡心。她不像妖却注定是妖，最终在唐僧的怀里灰飞烟灭。"有过痛苦，方知众生痛苦；有过执着，放下执着；有过牵挂，了无牵挂。"那一刻，唐僧斩除了自己的心魔。

此行伏妖，最大的对手是九头金雕。姚晨显然是《西游·伏妖篇》的演技担当，她的九头金雕亦正亦邪雄雌莫辩。这妖孽以国师的身份在比丘国潜伏下来，是蜘蛛精和白骨精的幕后推手，虽然和唐僧师出同门，却一个作恶一个向善。恶终不敌善，九头金雕伏法。正所谓"善恶一念间，进退两重天"，有时候魔和佛只差一点点。

西天取经，九九八十一难。人生路上，也是一场修行。唐僧用取经来修行自己的一生，而周星驰的一生都用来修行电影。《西游·降魔篇》《美人鱼》的票房分别为十二亿和三十四亿，《西游·伏妖篇》的首日票房则达到了三点六六亿。如果说周星驰的"西游"是烂片，那么还有谁可以在取经路上降魔伏妖？当然，高度与瓶颈同在。

前两天看《新闻当事人》，湖南卫视采访因《成都》而大火的赵雷，他说"有的人可以唱歌，有的人必须唱歌"。这句话用在周星驰身上也一样：有的人可以拍电影，有的人必须拍电影！

周星驰老了，但有才华的男人主要看气质。

这个有气质的男人大年初一就伏妖，这一年我们大家的运气都不会太坏吧？

是不是长大后世界就没有童话

连续两周去万达国际影城，想选一部电影看看，可是同期上映的影片，不是动作冒险就是惊悚悬疑，这个类型是不符合我的观影习惯的。

再去万达，就发现了《美女与野兽》。乍一看片名，以为和《与狼共舞》差不多，马上百度一下，结果竟是一个童话。原来在成人的世界里游走多年以后，陪伴我们整个童年的童话已经消失得无影无踪了。

为了忘却的纪念，就看《美女与野兽》了。

矗立在森林深处的城堡，让我想起了那些恍如隔世的旧日时光。

美女贝儿是小镇上的一朵奇葩。她喜欢看书，向往外面的世界；她特立独行，和所有的人都不一样；她无所畏惧，甘愿自己被困来换取父亲的自由。

野兽在成为野兽之前，是一个被宠坏了的王子。他毫无同情心，在一个寒冷的冬夜，因为赶走了扮成乞丐的女巫，而被施加魔法变成面目狰狞的野兽。

或许每个男孩儿在成熟之前，都会度过一段身为"野兽"的日子，直到学会了如何去爱，才会成长为一个真正的"王子"。

小镇上有一位强壮而自大的猎人加斯顿，他整天缠着贝儿并希望她能嫁给他。贝儿却对他无感。她在等一个对的人，带她去书中所描绘的远方。

或许所有的少女都如贝儿一样，对未来充满好奇。究竟能邂逅"野兽"还是"王子"，结局却不可预知。

女巫给野兽留下一朵玫瑰花。她告诉野兽，如果在这朵花凋谢之前，他能够爱他人，同时也得到对方的爱，那么魔法就会解除。这只被困在城堡中的野兽，在等一个人前来把他拯救。

贝儿误闯了野兽的城堡。野兽让贝儿参观他的书房，通过魔镜带她找到她在巴黎的家，在贝儿受到狼群攻击时解救了她，甚至在玫瑰花凋谢前放走了她；贝儿则读书给野兽听，并且教他礼仪，在他受伤时原本可以逃回小镇，却依然选择留在城堡照顾他。

贝儿和野兽跳舞，野兽温柔而儒雅。正当两颗心慢慢靠近时，加斯顿带人冲进城堡，野兽中枪倒地。眼看那朵玫瑰花的最后一瓣就要飘落，贝儿抱着受伤的野兽哭着喊道：你不能死，我爱你！话音未落魔法奇迹般地解除了，野兽又变回了英俊的王子。

和所有的童话故事一样：从此，他们幸福地生活在一起。

不是每个少女都有能力将"野兽"变成"王子"，但是爱是救赎，善良和仁慈可以换来重生。

我不止一次地向朋友推荐这部迪士尼的真人版电影。

每个人身上的不足，也像是女巫的诅咒。唯有爱可以解除咒语。道理简单，却不是人人都懂。

谁说长大后世界就没童话？只有相信，才会有城堡、玫瑰花、玻璃鞋和白马。

相信童话，生活就会浪漫许多。

看贾涤非画江城（一）

2013年，北国江城的春天比以往来得更晚一些。总以为是最后一场雪了，可没过几天，雪花还是义无反顾地扑向大地，瞬间便零落成泥。

贾涤非，一个在我心中若隐若现了十几年的名字。每隔一段时间，便有人和我提起。于是，我知道贾涤非是一个画家。一些人跟我谈他的画作，从那近乎虔诚的表述中，我知道贾涤非是一个大画家。作品多次参展，曾荣获第六届全国美术作品展银奖、第二届中国油画展优秀作品奖、中国油画批评家提名奖，并被中国美术馆、上海美术馆、香港大学美术博物馆、台湾高雄美术馆等多家美术馆收藏。

2013年的春天，贾涤非怀着一腔赤诚回到故乡，开始了他生命中最重要的一次寻根之旅。

3月8日

3月8日，是一个特殊的日子。从1909年开始，这个日子便是世界各地妇女的节日。

3月8日，对吉林市来说也是一个极为重要的日子。1976年的这一天，世界上最大的石陨石降临在吉林市市郊。因此，吉林市被誉为"陨石之乡"，并专门成立了吉林市陨石博物馆。2013年的这一天，贾涤非在吉林市博物馆绘制巨幅壁画《松江万古流》，开篇便是陨星陨落开天辟地。

陨石，是吉林市的镇市之宝。

《松江万古流》，是吉林市博物馆的镇馆之宝。

那么，贾涤非呢?

雪 乡 之 行

三月的吉林市，依旧乍暖还寒。应时任吉林市博物馆馆长侯杏之邀，我陪贾涤非去雪乡。

在此之前，侯馆长一再对我说，贾老师从癸巳蛇年的正月初三开始进馆创作，每天一画就是十几个小时，毕竟是五十多岁的人了，实在太累了。于是，便有了这次雪乡之行。于是，我和贾涤非就这样在一个雪后的清晨相遇了。

在去接贾涤非的路上，我们比约定时间早了五六分钟。侯馆长说，贾老师特别准时。话音未落，大家果然看到贾涤非已经站在楼下。远远望去，他穿了一套军绿色的棉服，戴着一顶"西瓜皮"样式的帽子，脖子上一条围巾随意地绕了几绕。这样的装扮，在吉林市的街头是不多见的。但在贾涤非，却有些卓尔不群的味道。

近了，又近了，我真真切切地看见了贾涤非。贾涤非，远非我想象中的样子。因为气度非凡，他比实际年龄要年轻许多;因为没有胡子，他比我见过的画家要"干净"许多。在侯馆长的引荐下，贾涤非毫不做作地和我打着招呼，就像一个认识多年的老朋友，自然而随和。寒暄过后，我们向"天下第一雪乡"——黑龙江省大海林林业局双峰林场出发。

贾涤非慢声慢语，一路上和我们说说笑笑。近距离地接触贾涤非，发现他并不是一个尖锐的人。很多大师级的人物，总要锋芒毕露一些吧？或者彬彬有礼地拒人千里之外，或者眼神犀利得令人欲言又止。但是贾涤非不这样。内心的纯净和一脸的真诚，吸引着大家不由自主地靠近他。这些品质如果放在普通人身上，会让人很快和他成为朋友；但是对于大师而言，就让人心生敬意了。

路过"江机"一带，贾涤非瞪着一双比一般人都大的眼睛，向车窗外探寻着。他左顾右盼，问东问西。一会儿问龙潭电影院拆没拆？一会儿问青少年宫还在不在？这些标志性建筑已经成为贾涤非挥之不去的记忆。在那个物质和精神都十分匮乏的年代，龙潭电影院大概是贾涤非艺术人生的启蒙地。而青少年宫，少年贾涤非在那里第一次接触绘画。从此，便以绘画这种形式开始了他内心的表达。

一路向北。雪越来越厚，也越来越白；天越来越高，也越来越蓝。途中经过一片白桦林，贾涤非像个孩子一样冲向雪野，或躺或卧，自由得像耳畔掠过的风。他把身心完全放逐于大自然，自由而惬意地享受着早春的一抹阳光。

终于，离雪乡就剩下三十公里了，可大雪却封住了前面的路。因为已经过了旅游旺季，通往雪乡的路便无人清理。没办法，大家只好铩羽而归。贾涤非留恋地回望雪乡，茫茫雪野就像他的内心，安静而不染纤尘。

回去的路上，我们和贾涤非有个约定，明年一定请他再来雪乡。

看贾涤非画江城（二）

两 次 画 壁

1990年10月，吉林市博物馆历史陈列大厅建成。作为展厅的一个重要组成部分，吉林市博物馆决定绘制一幅体现吉林市城史的大型壁画。谁来担此重任呢？在众多的人选中，他们圈定了贾涤非。

那时，贾涤非在吉林艺术学院美术系工作。1973年，十六岁的贾涤非离开家乡，来到吉林省艺校（吉林艺术学院前身）学习绘画。三年后留校任教。从那时起，除了中间在鲁迅美术学院学习四年，贾涤非将自己的青葱岁月和大好年华全部留在吉林艺术学院的校园里。

二十多年后，我问过很多人，当时为什么选择贾涤非来创作这幅壁画？他们这样作答，因为贾涤非的"名气"。早在1984年，贾涤非就凭借油画作品《杨靖宇将军》而蜚声画坛。他的学生告诉我，他们入学前就听过贾涤非的名字，入学后更是非常渴望能上贾老师的课。那时他们的贾老师留着长发，穿着对襟棉袄，很前卫，很艺术。远远地走过来，一看就是一个"画家"。说起这些，贾涤非淡淡一笑：年轻，不懂事嘛！是的，年轻的贾涤非有许多的梦想可以放逐，有足够的才情任其挥洒。

在吉林市博物馆的盛邀下，年少成名、运程平顺的贾涤非回到家乡，用近三个月的时间创作了巨幅壁画《松江万古流》。壁画长十七点九米，高三点六米。从陨石降临开始，经过石器时代、青铜时代、夫余王国，到渤海盛世、明清造船、康乾东巡，一直到清末民初结束。一幅壁画就是一部吉林市城史，一幅壁画饱含着贾涤非对家乡的全部情怀。

然而，1994年的一场大火，让《松江万古流》葬身火海，永劫不复。贾涤非听到这个消息后，把自己关在一个空房间里放声大哭。多少年后，贾涤非缓缓地说，《松江万古流》就像我丢失的一个孩子。这幅壁画不知令多少吉林市人为之心痛，更是多年缠绕在贾涤非心头的一个心结。

2009年，吉林市博物馆新馆落成。历史陈列大厅恢复建成，一些文物陆续在展厅陈列。可是，《松江万古流》呢？

一个偶然的机会，吉林市博物馆再次接洽贾涤非。此时的贾涤非已经在中央美术学院工作多年，不仅是油画系的教授，还是中国现代表现主义绘画的扛鼎人物。但是，那一次贾涤非没有档期。

今年春天，在吉林市博物馆的努力下，贾涤非教授再度回到家乡，全情投入大型壁画《松江万古流》的恢复创作当中。与旧作相比，2013版的《松江万古流》长二十二米，高依旧是三点六米，增加了"东明建国"和"国粹中兴"两项内容。

两次画壁，赤子情深。这个寒冷的春天成了贾涤非的圆梦时节。

生活在艺术中

贾涤非有一句至理名言，他形容自己"生活在艺术中"。

每次去看《松江万古流》，我都会看见贾涤非站在高高的脚手架上，或涂抹或描摹，神情一丝不苟。我见证了贾涤非创作这幅壁画异常艰辛的过程。去雪乡的时候，我觉得贾涤非要比他的同龄人年轻许多。6月初再见贾涤非，我发现他已经异常憔悴。他在画布上不断地推翻自己，总是在寻找一切可以接近完美的可能。勤奋是所有成功者的底色，贾涤非亦是如此。他用色彩装饰着自己的人生，也用色彩完成了对生命的终极叩问。

贾涤非有一个朋友，也是绘制《松江万古流》的助手，北华大学美术学院教授马建，他们的友谊超过三十年。有一次，马建请贾涤非给他画一张肖像，谁知贾涤非竟然画了两天。有好几次马建都说可以了，但是贾涤非涂了又改，改了又画。马建说，一张肖像在贾涤非手里就好比玩儿一样，可他却画得极为认真。贾涤非把一件小事做到了极致，对待朋友更是容不得半点儿马虎。

马建说，贾涤非并非一炮而红。早在三十年前，贾涤非的执着便是出了名的。1983年，他刚从"鲁美"毕业。当时，很多和他一起学画的人纷纷"下海"，有的开装潢公司，有的搞美术设计。但是，贾涤非是不屑于此的。他依然回到吉林艺术学院，一边授课一边画画。有好几次，家里的生活捉襟见肘，只要贾涤非给报刊画一幅插图，就可以解决儿子的入托费。但是贾涤非没有屈从于命运的摆布，还是一笔一笔地描绘着自己的理想。在一个知识分子的心中，尊严远比生命重要，岂能为"五斗米而折腰"？终于，他走出了一条与众不同的路。从十六岁学画开始算起，在长达四十年的时间里，贾涤非已经和油画融为一体。

2011年，贾涤非回到家乡参加"松江墨韵"吉林市历代书画名家精品展。其中的一幅素描作品《一块豆腐》让不少观众为之驻足，也让一些在名利场上停不下来的人们为之震撼。像贾涤非这样的大腕儿，能够用超出常人想象的工夫去画"一块豆腐"，能够如此静下心来体会笔锋的流转和手感的变化，可见他是不功利的。

作为画家，贾涤非看世界的眼光和普通人有些不同。在他画室的桌子上，摆放着一个自行车的车座子。贾涤非对自行车及车座子情有独钟。在他不同题材的作品中，这两个中国老百姓再熟悉不过的物件都曾出现过。在其内心深处，为什么藏有深深的自行车情结？只有一种解释，在中国美术专业最高学府工作的贾涤非，时时可以让人窥视到他内心深处的平民情结。的确，贾涤非是接地气的。如果他不作画也不说话，站在那里质朴得就像一个邻家大哥。

"生活在艺术中。"贾涤非一边在艺术的瀚海中遨游，一边在生活的大潮里搏击。

看贾涤非画江城（三）

智者无敌

和贾涤非在一起，我发现了属于贾涤非的独特智慧。作为中国现代表现主义画派的先驱，贾涤非并不犀利。相反，他接人待物十分周到得体，圆融通达。

贾涤非告诉我，他在教学中惯用的方法是"提醒"。发现学生的不当之处，他不会直接批评指正，而是善意地从侧面去"提醒"，点到为止。因为搞艺术的孩子和其他院系的学生不一样，保护他们的自信心是贾涤非的为师之道。

"德不孤，必有邻。"德艺兼修，一直是贾涤非所遵循的人生信条。贾涤非深信，给别人留余地就是给自己留余地。与人相处，他会非常顾忌别人的感受，生怕不小心而伤及别人。每每至此，我料他也不是多么刻意地收敛自己，而是源于骨子里本来就有的善良。

当今世界，艺术品已经成为继股票、房产之外的第三大投资高地。面对波涛汹涌的书画市场，有人完全迎合，有人孤芳自赏。贾涤非却不然。他说，一个画家应该时时向自己的内心注视。但是，如果完全随心则无人喝彩；如果失去自我则成了匠人。他放下自己能放下的，坚持自己能坚持的，始终与市场保持着"安全的距离"。

对于油画，贾涤非属于生而知之者；而贾涤非的智慧，则来自于他深厚的文化底蕴。在他卧室的床头、画室的案子上，甚至是卫生间、厨房，随意地堆放着几本或几十本书。贾涤非会随时抽出一本，或站或立或卧或躺地一读就是几个小时。他阅读的范围非常宽泛，除了喜欢用色块来描述世界，还喜欢文字带给他的这种愉悦和节奏。

贾涤非是个智慧的矛盾体。在作画时，他的表现手法非常直接；而在与人交流时，他的表达方式又十分委婉。对待艺术，他锱铢必较；而对待生活，他会时常妥协。在艺术范畴，他强调自我；而在生活中，他又放下了自我。

知道轻重，懂得拿捏，掌握火候，贾涤非"治大国如烹小鲜"。天赋异禀，天性善良，天道酬勤，贾涤非具备了成为大师的一切潜质。

寻找一个借口

从20世纪80年代开始，贾涤非相继完成了《葡萄园》组图和《尴尬图》《桑拿图》《斑马线》系列作品。在这些作品中，贾涤非将人体、葡萄、自行车、京剧脸谱、交道口、斑马线等互不搭界的元素叠加在一起，画面色彩浓烈，充满张力。

贾涤非说，这些题材都不是刻意寻来的，而是内心感受到了，一切便水到渠成，只需弯腰俯拾即可。

"葡萄园"包括《青色的葡萄园》《野葡萄》《贪婪的季节》和《收获季节》等，融入了贾涤非对生命和自然的想象。作品既"现实"

又"超现实",将人性中的算计与天然、青涩与成熟、懵懂与痴迷表现得一览无余。这些作品可以说是贾涤非表现主义油画的发端之作。

后来的《尴尬图》《桑拿图》《斑马线》系列，则把贾涤非的创作推向了一个前所未有的高度。他说，这些"画"只是生活的一道印记。人在成长中，会面对现实、充满矛盾、迎接挑战，这让每个人或兴奋或迷失。人生会经历弯道，也会遇到各种"示意"，比如警告、界线、阴谋、诱惑等。总之，人生就是充满着各种可能。贾涤非在表现人人都能遭遇的困惑和无奈时，并没有选择灰暗阴郁的色彩，而是高调明朗充满激情。在他所营造的封闭空间里，各种物象趣味盎然、蓬勃自由。

若干年前的敦煌，贾涤非站在元代的一幅千手千眼佛壁画前，问一位老工匠怎么能画出如此传神的线描？老工匠回答得相当简单：我就是这样画过来的。这么多年，贾涤非又何尝不是如此？在这些作品中，他将种种体悟交给了绘画，让画面里的色彩、线条承受起只属于他个人的生机与朝气。

贾涤非说，所有的作品都是他在自己可以感受的视野里"圈"的几块地，就像农夫在每块田里种植不同的庄稼一样。无论什么"图"，都不过是他为画画而寻找的一个借口。

看贾涤非画江城（四）

画 家 画 语

1996年，贾涤非出版《油画作品选》，里面收录了他从1984年到1994年创作的三十三幅油画作品。那时的贾涤非说，画家的成就并非由数量来决定，多也好少也罢，作品总要关乎一个人在绘画中的乐趣。画家除去自身的生命体验和性情人格外，还要具备手艺人的某些素质和喜好。

2000年，贾涤非出版《绘画随想》。书中他首开其口，讲述了自己的学画历程和对绘画的思考。"绘画的力量不在于对自然的模仿，而在于表现。自然和绘画同人们的距离似乎同样的远，真正感受到他们的美，需要体验。"

2009年，贾涤非参加中国表现主义油画八人展，并出版《绘画的行进》一书。在这本书中，贾涤非说"艺术家对艺术只有态度而没有标准"。自己喜欢绘画，是极自然平常的事。而在喜欢中产生一种特有的态度时，就要看有没有承担这种喜欢的能力了。态度是喜欢的极限，是一种力量，更是一种资源。贾涤非就在这种态度中，承载着他的光荣和梦想。

2011年，出版《贾涤非》。这本印制精美的大型画册囊括了《尴尬图》系列全部作品及手稿。这时的贾涤非说，因为在画面上没有画到"过瘾"，这么多年才反反复复地在各种"图"里面折腾，仅为此也会继续。

2013年，在松花江畔，贾涤非淡淡地说，我没有更多的苛求，只愿绘画自呈其态，随我生死，或许糊糊涂涂才会有大的通达，无论人生还是绘画。

江城之子

从癸巳蛇年正月初三到公元2013年7月，贾涤非就这样从冬画到了夏。《松江万古流》的每一个人物、每一种神态都栩栩如生，每一抹线条、每一块色彩都充满灵性。在故乡，贾涤非让思绪在历史的长河中游荡，任情感在二十二米长的画布上奔腾。他用画笔串起了心中所有的记忆，用色彩铺陈开北国江城所有的悲欢和过往。

在大型壁画《松江万古流》创作接近尾声的时候，贾涤非提出，用"一五"时期吉林市几大企业生产的钢板做画框。这让我想起了他的成名作《杨靖宇将军》也是用桦树皮做的画框，那时的贾涤非第一次让业界觉得画框也是油画的一个语言符号。

无论是钢板还是桦树皮，都代表着贾涤非深深的故园之恋。他说，我在吉林市生活十六年，在吉林艺术学院学习、工作二十四年，在鲁迅美术学院学习四年，在中央美术学院工作十二年，但是吉林市给我的印象最深。因为那是我出生、成长的地方，是我父母、亲朋生活的地方，是我灵魂栖居、安放的地方。

"彩绘有价，斯图难求。"当《松江万古流》终于完工的时候，贾涤非不得不再次和故乡挥手作别。"城与画彰，天地永寿。"《松江万古流》是游子贾涤非送给故乡的一份厚礼；而故乡，也将张开怀抱随时迎接这位江城之子。

你在天堂还好吗？

那是一个清明。尚未从祭奠和缅怀的情绪中走出来，便接到一个电话：孙莲梦走了。就像几年前听到那个会讲故事的钟爷爷钟刚去世时一样，我惊得叫出了声。

那天晚上，很久没有哭过的我，流泪了；那天晚上，从来都睡不醒的我，失眠了；那天晚上，好不容易治好的皮肤过敏，又犯了；那天晚上，我如往常般一拉窗帘，绳断了。

若干年前，我问一个和文艺丝毫也不沾边儿的亲戚：你知道孙莲梦吗？他说：知道啊，不是唱"大姑娘浪"（其实是《大姑娘美》）的那个吗？看来，孙莲梦在这座城市是个响当当的名字，一曲《大姑娘美》足以奠定她在歌坛的位置。

初见孙莲梦，是在1999年吉林市电视台春节特别节目《江城春潮》的拍摄现场，她有一首MTV《笑醉丰年》。那年冬天和刚刚过去的这个冬天一样冷。在丰满大坝的另一侧，于冰封的湖面上，狂风刮跑了我们的红灯笼、红绸子，把身穿军大衣的我也刮出去十几米远。在这样恶劣的条件下，为了追求每一个画面的精美，我冲孙莲梦一连串地高叫：你这件衣服的颜色不对！你能不能穿得再少一点儿？你就不能整两件好衣裳吗？

那年孙莲梦三十六岁，据她首唱《大姑娘美》和荣获第五届CCTV全国青年歌手大奖赛通俗唱法银奖已过七年。然而，她身上丝毫没有腕儿的架势。脸上常挂着质朴的笑意，眼里也有我这个刚出道的新人。她冻得哆哆嗦嗦地、一遍又一遍地找到我：这件衣服好点儿没？那件衣服是不是能把我显瘦点儿？我回头一看，还是一堆"破烂儿"，哪一件也配不上她的名气。唯有那一脸的真诚，让我看出她和普通演员不一样。她不需要锦衣华服来抬高自己，只要一张嘴一出声，那就是腕儿。

　　接下来，在2000年吉林市电视台春节特别节目《同歌共舞》、建台四十周年台庆晚会《相约红绿蓝》，以及各种文艺演出的现场，孙莲梦依然在台上，我在台下。在我们偶尔的对视中，彼此眼睛里流淌的是信任，是理解，是相互的支撑，是姐妹的深情。听着她的《月满西楼》《彩云之南》《永远是朋友》，我常胡思乱想，要是老天再把孙莲梦生得漂亮一些，她该和毛阿敏、那英一样齐名；或者让孙莲梦生在那个抱着戏匣子也能听上半天的年代，她就是郭兰英、耿莲凤。当然，能否把高亢红火的秧歌调演绎成通俗易懂的《大姑娘美》也就不得而知了。

　　到了2005年、2006年，当选秀浪潮席卷各家电视台时，我也忙不迭地加入了选秀大军。在长春市、吉林市、延边市三地联动的《超级女声秀》节目中，我请孙莲梦当评委。因为节目近乎直播，我无法叫停，便一会儿一个纸条地传给她，什么"节奏太慢了""点评还不够犀利""语言再个性化一些"，等等。孙莲梦在我不断地"炮轰"下，显得有些无所适从，但她尽可能地按照我的要求去做。在长达十几个小时的连续录制中，从未表现出不耐烦或撂下走人的态度，倒是结束后还在征求我的意见，生怕由于自己的不当而降低节目质量。

　　那两年一场又一场的总决选晚会，需要大量的演员。当我的编导苦于没有演员时，我经常头不抬眼不睁地说：给孙莲梦打电话。因为当孙莲梦人到中年、韶华褪去之际，她没有像一些同时代的人那样，或沉迷于麻将桌前或销声匿迹，而是选择了一条更为艰难的道路，那就是办学校、教学生。人们常说"十年树木，百年树人"，也常用"蜡炬成灰泪始干"来形容教师，在培养学生的过程中，孙莲梦可谓是呕心沥血、心力交瘁。她常常坐在我的对面，问我最近又有什么晚会，有没有适合她的学生演出的节目？或者告诉我，她的哪个学生又在什么比赛中得了奖。有时我也在电视台的大门口，看见她在等哪个栏目的制片人接她进去，那一定是她又在推介自己的学生。

为了流行音乐在这片土地上能够传承，孙莲梦在奔走，在付出，在燃烧。在她的努力下，她的学生们扮靓了江城的舞台，活跃在各种大、小晚会的现场。2006年盛夏，世界杯足球赛沸腾了江城的夜晚。在吉林剧场门前，我们做了一个月的节目《情迷世界杯》，孙莲梦率弟子整整陪了我们一个月。在男人们喝着啤酒等待球赛开始的时候，她的那些弟子在舞台上尽情高歌。我站在她的对面，看到她很专注地望着她的学生，那神情就像一个母亲看到自己有出息的孩子那般心满意足。

2008年，在《江花红胜火》吉林市第四届松花湖文艺奖颁奖典礼上，我请孙莲梦反串表演二人转《月牙五更》，她欣然应允，只是告诉我，由于眼睛过敏，可能化不了妆。我半开玩笑半认真地说，长成这样还不化妆，吓着观众你能负责啊？她听后傻笑了两声，什么也没说。但在晚会期间，无论是彩排还是正式演出，我发现她都带妆上阵，再也没有跟我提过过敏的事。这是我和她的最后一次合作。

十年，弹指一挥间。十年，从未经我手给过孙莲梦任何酬劳；十年，我甚至吝啬地从未向孙莲梦说声"谢谢"！

孙莲梦就这样走了。乘着歌声的翅膀，去了天堂。从此，天堂里有了《大姑娘美》；从此，天堂里多了一位很美的大姑娘。

因为我们都还没去，天堂便成了这个世界上最远的地方。不知道那里是否也办晚会，孙莲梦是否依然在舞台上歌唱？但在我的心里，始终有一个位置，那是孙莲梦的，那是任何人都无法替代的。

天堂好吗？你在天堂还好吗？

你好，多肉君！

想都没想，我就这样遇见了多肉。在这个春天。不早不晚，一切都刚刚好。

在吉林大街两旁的杏花还没开好之前，我看见微信群里有一张朋友推送的名片，上面的备注名是"AO旮旯多肉"。从点开的那一刻起，我和多肉便开始了不得不说的故事。

早些时候，我是见过多肉的。也许心有旁骛，对她很是无感。就像世间的许多事物，时机未到一切便是枉然。

错过比等待更让人绝望。但是几米在他的绘本《希望井》里这样讲：在最深的绝望里，遇见最美丽的惊喜。从绝望到希望，其实只需要一个转身。

我一转身，幸好多肉还在。那是一个怎样的惊喜呢？

"旮旯多肉"的确是在旮旯里。周遭的一切仿佛都在沉睡，唯有大棚里近千株多肉不眠不休。她们虽然形态各异，但是株株都我见犹怜。好在我没有选择困难症，很快就挑好了吉娃娃、黑王子、花月夜、星美人、草玉露、蓝石莲等十几个品种。

这么动听的名字是谁给起的？我想起了每年夏天登陆的台风，虽然是一场气象灾害，却有一个并不吓人的名字。人类的超强大脑，让世界变得如此美好。

从"旮旯"回来之后，每每走在城市的街头，我总能发现摆摊卖多肉的。早市有，菜市场有，花鸟鱼市有，就连离我咫尺之遥的河南街也有。我以前怎么没看到呢？看来有些东西不是不存在，只是我们着急赶路忽略了而已。

一看到多肉，我就迈不动步了。我蹲下来，爱不释手地摆弄那些新品种。她们叫什么名字？卖多肉的笑笑：我也说不上啊。原来全世界的多肉有一万多种，每一种都有一个并不逊色的名字。

俗话说"人靠衣装马靠鞍"，了不起的多肉也要有一个配得上的花盆。

一天快要下班的时候，同事的媳妇来单位接他。同事几乎有些控诉地对我说，她在网上买老多多肉花盆了！我看了一眼：多乎哉？不多也！我给他晒了一下我的花盆。本来他们还想在我办公室多坐一会儿，结果这一晒同事便急匆匆地拉着媳妇走了。

从有多肉开始，也就半个月的光景，我已经买了五十个多肉花盆，各式各样的摆了一窗台。

盆多了，还得往里装"肉"。于是就又去买"肉"。去的次数多了，渐渐地知道什么是小苗什么是老桩。在多肉的世界里，我最大的理想就是把一株株小苗变成老桩。

见得越多，越觉得自己的多肉花园总是少一株。这有点儿像女人的衣柜，早晨起来总是觉得少一件。于是多肉就越买越多。

就在上周，我从筑石文创园回来，车上有一位同行的年轻女孩儿，我问她养多肉吗？她淡定地点头。我又追问养几盆？她说养了一阳台！这下尴尬了，我的一窗台实在算不了什么。她的多肉花园，甩我不是一两条街啊。啥也别说了，唯一出路就是买买买！

一入多肉深似海，从此钱包是路人。有了多肉和多肉花盆，最后还得有铺面石才算完美。市场上有麦饭石、绿沸石、黑金石等等，我个人还是最喜欢黑色火山岩。它懂礼数识大体，不招摇不抢镜，把小巧玲珑的多肉衬托得恰到好处。

多肉是如此顽强。只要一点儿水、阳光和土壤，就可以慢慢生长。在这个多肉泛滥的季节，如果没有养过一株多肉，也是比较遗憾的。倘若生活只剩下了是否有用，那该是多么的无趣。

自从有了多肉，我一日必看三回。早晨起来要看，晚上临睡前要看，下班回来还要看。我呆呆地看着她，她也萌萌地望向我。这一刻最好，别再说来日方长！

在这个春天，我和多肉相看两不厌。你若不离，我便不弃。

她说：你好！我说：你好，多肉君！

谁的四月是一树一树的花开

上班走在北华大学南校区，那里有一排迎春花开得正艳；下班路过吉林大街，道两旁的杏树已含苞待放。

人间四月天，满目都是一树一树的花开。

过去的一周，我参加了三个葬礼。其中有一位亦师亦友的兄长，他是我省著名作家，生前著作等身，手头还有一部鸿篇巨制正待封笔，虽处春秋鼎盛之时，却身染无药顽疾。

他的四月，没有一树一树的花开。

四月的前一天，在市机关会议中心，我聆听了著名历史学者蒙曼的讲座。她从举止、谈吐、智慧、情感、道德等方面阐释了《传统文化与中国人的修养》。在长达三个小时的讲述中，给我印象最深的一句话是：人生最大的淡定，是在跌宕的命运面前。

据那位兄长的亲友回忆，在其生命的最后之际，他始终面带微笑，连眉头都没有微蹙一下。也许跌宕的从来就不是命运，而是心境。他的生命是一树花开。因为他的心始终向阳，所以他的心花一路怒放。

四月的最后两天，就是五一小长假了。五一前后，江密峰镇安山村七千株百年梨树将迎风绽放，首届中国·吉林（安山）贡梨文化节盛大启幕。

之前受朋友委托，我帮着看了看活动方案，也提出几点或良好或离谱的建议，谁知在文化节举行前夕，主办方竟送来数张门票，并一再强调，这些门票均可免费领取。

我在这个岗位已经工作了二十一年，其间经历的大小活动数不胜数，经过我手的门票成千上万，但是有这样一些人，我从来没有邀请她（他）观看我参与的任何活动。这中间有我的表姐表弟们，有我在俄罗斯学习时的室友，有我在电视台工作时的伙伴，也有无话不说的闺密。这二十多年，我对她（他）们来说是"无用之人"；但她（他）们于我而言，却是生命中不可或缺的一部分。

在这最美的人间四月天，我想邀请她（他）们去看那一树一树的花开。于是我发微信过去，她（他）们有的没回，有的因出门而婉拒，有的怯生生地问：可以要几张？那一刻，我的心有些悸动，眼睛也似乎不再干涩。幸福来得这么突然，显然她（他）们还不太习惯。

我们最爱的人，也可能是我们最忽视的人。总以为她（他）们会在原地等我。之所以有这样的底气，是因为她（他）们的爱一直都在。

最爱我们的人，也是最怕给我们添麻烦的人。虽然她（他）们也可以通过各种渠道免费领取门票，但是我想把我仅有的、能够给的也可以给的都给她（他）们。

爱才是人间的四月天。无论我们是否能一起去安山村，我心深处都是一树一树的花开。

邂逅东野圭吾

我是在北京朝阳大悦城"邂逅"东野圭吾的。

中粮集团的大悦城应该还没有落户三四线城市。据说"大悦"取自《论语》中的"近者悦，远者来"，意为"让周围的人感到愉悦，并吸引远道而来的客人"。

大悦城有其独特的场所精神和品牌力量。其中"单向街·空间"是我在拐角遇见的。对于外地人来说，"单向街"也许是陌生的，但了解它的人都知道，它是北京一家地标式的书店。

"空间"不大，却很容易让我"迷失"其中。目光所及之处，每本书都是我想要的。在我拿起又放下之际，一眼便看到了《解忧杂货店》，它的作者是日本的东野圭吾。

讲真当时我并不太知道东野圭吾，但是《解忧杂货店》的名气可就大了。它荣登诚品、博客来、金石堂等各大书店榜首，位列亚马逊中国2015年度畅销书第二名。一时间何以"解忧"，唯有"杂货店"。书的腰封上的宣传也足以证明它是一本畅销书：现代人内心流失的东西，这家杂货店能帮你找回。

总有那么一些日子，我们看世界的视角是偏颇的；总有那么一段时光，我们对生活的态度是焦灼的。站在人生的岔路口，究竟应该怎么走？东野圭吾希望读者能在掩卷时喃喃自语：我从未读过这样的小说。

我把"杂货店"从北京背回了家。令我感到羞愧的是，至今也只是读了开头。

结识东野圭吾是在《解忧杂货店》，但是了解东野圭吾却是因为电影《嫌疑人×的献身》。

对于悬疑电影，我是既怕又爱。害怕那种挥之不去的阴冷氛围，却又极爱那些清晰的逻辑和缜密的推理。在一个温暖的周末，《嫌疑人×的献身》就这样不期然地出现了。

又是东野圭吾，这部电影是根据他的小说改编的。小说曾被誉为日本推理小说史上绝无仅有的奇迹，日本和韩国都先后将其搬上大银幕。于三月底上映的《嫌疑人×的献身》由苏有朋执导，王凯和张鲁一在其中演绎了一场高智商的巅峰对决。

和很多推理小说不同，《嫌疑人×的献身》一开始就让大家猜中凶手是谁，或者可能是谁。但随着层层迷雾的拨开，最后呈现的竟是一个令人唏嘘不已的结局。

虽然我没看过原著，但是这部中国版的《嫌疑人×的献身》也没令我失望。东野圭吾告诉大家："有时候，一个人只要好好活着，就足以拯救某个人。"人性中的恶，也能开出温情的花。

值得一提的是，片中还有好多我熟悉的场景：王凯在江边栈道上奔跑、波澜不惊的江水以及对面的世纪之舟、鳞次栉比的高楼……北国江城真是一座天然的摄影棚。

前几天去江南书城，两位年轻人在我旁边一边交谈一边翻看，还是东野圭吾，这回是他的代表作——《白夜行》。

从北京回来刚好一年，竟一而再、再而三地"邂逅"东野圭吾。必须得重新找出《解忧杂货店》了。解别人的忧愁，也是救自己的困境。

梨花半朵也倾城

对于我脚下的这片土地来说，春天总是喜欢姗姗来迟。

楼下的草坪绿了，小区的迎春花开了，街头的杏树满是蓓蕾，一切都仿佛越来越有春天的样子了。然而时不时的"倒春寒"，让人们盼望春天的心情一直起伏不定。

直到江密峰镇安山村的棵棵梨树如雪般地绽放，春姑娘才肯停下脚步再也不和我们捉迷藏了。

十千株梨树花开浩荡，将整个山峦装点得如诗如画。徜徉在百年梨园，远离了城市的喧嚣，不仅身体恢复了活力，心灵也似乎得到了松绑。心放平了，脚步就不再踉跄。

"占断天下白，压尽人间花。"梨花洁白无瑕，美得不事张扬。她像一个淡雅的女子，从红尘深处走来，却不染半点儿尘埃。每个花瓣，都是一颗素简的心。

世代生活在梨树下的人们，也沾染了梨花的品性。在去安山村的路上，遇到的村民都会热情地给你指路，神情自然没有一丝杂念。

梨花白，梨花亦香。清代文学家李渔盛赞梨花："雪为天上之雪，梨花乃人间之雪；雪之所少者香，而梨花兼擅其美。"微风过处，暗香浮动，十里梨花，汇成一片香雪海。

梨花的花语是纯情，象征着纯真的爱情。有什么比奋不顾身的初恋更纯真呢？在那个白衣飘飘的年代，骑单车的少年以及车上飞扬的裙裾，会在每个人的脑海中定格。青春散场了，初恋还在原地。

梨花虽然纯粹，却又不失妩媚。"玉容寂寞泪阑干，梨花一枝春带雨"，白居易用"梨花带雨"来形容杨玉环的潸然泪下，可谓是伤而不悲、明丽动人。雨中的梨花，自然别有一番风情。

安山村的百年梨园是贡梨园。每朵梨花都带着自身的使命，有如一个梨涡浅笑的女子，准备谈一场地老天荒的恋爱。然后，孕育一个果实累累的秋天！

莫负春光莫负卿，梨花半朵也倾城。

喜欢你就是这样没道理

有人说，"美人迟暮"是世界上三大悲哀之一。另外两个是"英雄末路"和"江郎才尽"。依我看，悲哀倒不至于，但是确实有些无奈。

那么帅哥呢，会不会好一点儿？比如金城武。

春晚舞台上的华仔老了，《澳门风云》里的发哥老了，等到《喜欢·你》上映的时候，我发现金城武也老了。

要是黄渤们就没有这样的担心。他们年轻时不显年轻，老了也不显老。

金城武就不一样了，刚出道时帅到没朋友，要不是这次跟周冬雨搭戏，人们依然可以看到他的"帅"而忽略他的"老"。

自从演了《七月与安生》，周冬雨就算开窍了。这次扮演《喜欢·你》中的顾胜男，可以说是演技大爆发，表情包一个接着一个。据说周冬雨一场戏可以连拍数条，而且每一条的表演方式都不一样。

这让我想起了李幼斌。他来吉林市拍摄电视剧《非常代价》的时候，只要导演喊"再来一次"，他就可以用不同的状态应对。这样的演员应该是传说中的好演员了。

其实无论干哪一行，好与坏、会与不会之间就隔着一层窗户纸。艺术尤为如此。捅破了，就不必再在艺海里挣扎了。

周冬雨和金城武都上岸了。前者靠演技，后者既靠演技也靠颜值。天分让他们都吃定了演员这碗饭。

《喜欢·你》讲的是大叔配萝莉。作为一名创意厨师，周冬雨用一碗"女巫汤意面"征服了身价三百五十亿美金的金城武，看似不搭调的两个人，就这样通过美食相爱了。还真是应了那句话：世间万物，唯有爱与美食不可辜负。

爱情来了，谁还管什么门当户对？爱情来了，挡都挡不住！爱的力量是无法想象的，它可以冲破一切世俗的隔阻。

很小的时候，我就听过一个"拍花子"的故事。说是在公共场所，少不更事的孩童会碰到"拍花子"。拍花人在小孩儿的头上轻轻拍一下，小孩儿就会莫名其妙地跟着走。因为一拍眼睛就花了，所以叫"拍花子"。

多年以后，我的女友跟男朋友分手了，说到前尘往事，她若有所思地说：当初怎么会跟了他呢？一定是被他拍了花的。

呵呵，爱情来了，当事人大多是被"拍花"了。所有的爱情都是感性的，理智应该是属于婚姻的。

《喜欢·你》的导演是许宏宇，这部影片是他首执导筒。1982年出生的许宏宇，长发飘飘眉清目秀，让人很容易想起爱情开始的时候，一切都是刚刚好的样子。

两个监制，一个是陈可辛一个是许月珍。陈可辛还可以，许月珍看起来不太文艺。但是合作近三十年，他们制作的多部电影文艺得不像话。

爱情就是不按牌理出牌，喜欢你就是这样没道理。要是一切都准备好了，也许他（她）根本没那么喜欢你。

什么时候开始你的微习惯

我恐怕是全天下最不能熬夜的人，且属于"脑袋一沾枕头就能睡着"的那种。

天一黑就睡觉，让我的夜晚比别人少了很多色彩。它的养成源于我小时候有过一段在乡下生活的经历。当时的农村文化生活极度匮乏，别说是广播电影电视了，就连电也是常常要停的。没有了电，夜就变得又黑又长。不睡觉还能干什么呢？

天一黑就睡觉，已经成了我的一个标志性习惯。俗话说"三岁看大，七岁看老"，可见生长环境足以影响一个人的行为习惯。

习惯良莠不齐。好习惯就像银行存款，储蓄越多财富也就越多；而坏习惯则有如白蚁，会一点点地蚕食肌体甚至生命。坏习惯有多可怕，好习惯就有多神奇。

亚伯拉罕·马斯洛是美国著名的心理学家，他有一段经典语录是这样说的："心若改变，你的态度就跟着改变；态度改变，你的习惯就跟着改变；习惯改变，你的性格就跟着改变；性格改变，你的人生就跟着改变。"有什么样的习惯，就有什么样的命运。

有一件事我常跟人分享。二十几岁的时候，我有三个闺密，每到辞旧迎新之际，我们都要举行"恳谈会"，开展批评与自我批评。每个人首先回顾过去一年中自身存在的不足，然后再请她人指出自己的不妥之处。大家都无比认真，将这些"坏习惯"一一记在笔记本上，决定痛改前非重新做人。

若干年后，我偶然翻阅从前的笔记本，发现当年的那些"坏习惯"，有的依然顽固地黏附在我身上，有的竟像"野广告"一样，刚被清理掉没几天，却又神不知鬼不觉地回到墙上。这一发现让我吃惊非小，同时也意识到"改变"对一个人究竟有多难。

"有志者立长志，无志者常立志"，是我的小学老师经常告诫我们的一句话。前者需要持之以恒，后者是一个不断制定目标又不断放弃的过程。改变难，坚持更难。但是没有坚持，也就谈不上改变。

春天来了脱去厚重的棉衣，每个女人都希望自己的体态再轻盈一点儿。每天抽出一分钟，做一次平板支撑难吗？但还是三天打鱼两天晒网；每每面对一桌美食，少吃一口难吗？但还是撑个半死才肯放下筷子……"管住嘴迈开腿"，说起来容易做起来真的好难；做一次容易，坚持下去真的真的好难。

越不坚持就越会产生挫败感，越有挫败感就越想放弃。一旦放弃，可不就又回到二十年前了吗？沮丧啊。

就在沮丧之际，我看到了《微习惯》。这本书的作者是来自美国的"网红"斯蒂芬·盖斯，他从挑战"每天一个俯卧撑"找到了微习惯的正确打开方式。

"每天一个俯卧撑"，这个目标小得有点儿可笑。但是它却不会给人带来任何压力，也不需要强大的意志力做支撑。它让人很容易就完成了。

"微习惯"策略，就是一个简单到不可能失败的自我管理法则。我们可以先靠它来养成习惯，然后再逐步增加数量，最终达到质的改变。

　　这个月还有十八天，今年还有二百三十二天。每天背一句唐诗，读两页书，写一百个字；平板支撑坚持不了一分钟就坚持半分钟，面对美食不能少吃一口就少吃半口……明年的这个时候再照照镜子，镜子里肯定是一个不一样的自己。

　　还等什么呢？开始吧，你的微习惯。

为自己的心找个安放的地方

草根音乐节开幕了。作为全市的品牌文化活动，今年担纲主持的两个女孩儿是新人，我去看彩排的时候，她们问我：怎么能在舞台上更自如一些呢？

我没急着回答，而是讲了一个布勃卡的故事。

谢尔盖·布勃卡是举世闻名的撑竿跳运动员，他给世人留下了三十五次打破世界纪录的精彩瞬间。但是有一段时间，布勃卡的运动生涯进入瓶颈期。面对悬在空中的横杆，他无论如何也跳不过去。正当他要放弃时，教练走过去与他轻轻耳语：让你的心先跳过去。于是布勃卡再次起跳，这回他成功了。于是一项新的世界纪录诞生了，布勃卡再次超越了自己。

怎么能在舞台上更自如一些呢？"把你的心留在舞台上。"我这样对两个女孩儿讲。

如果太在意台下观众的评判，整个人看上去就会不大自然。一件事太想干好了，结果往往适得其反。只有把心放平了，举动才不显慌乱。

就在前几天，一位姐姐的女儿出嫁了，操办完婚礼，她发来短信：我现在好失落啊！她的心被一脸幸福的女儿带走了。

姐姐的心情完全可以理解。过去农村有句俗语：老儿子娶媳妇——完事大吉。儿女一个一个地自立了，爹娘也松了口气。现在家家就一个孩子，无论嫁娶父母都是跟不去的，莫不如把心收回来，早一点儿规划自己的生活。

一个女人把心放在儿女身上可能还好，若是完全交给男人危险系数可就增大了。看过多少我这个年龄的女人，每天内忧外患活得心神不定。把自己的心强加给别人，也是一种甜蜜的负担。心不在焉，就会"食而不知其味"，人一旦失去自我，哪儿还有能力爱别人呢？心，还是自己带着的好。

心若在，梦就在。心无杂念，人就不会蠢蠢欲动。对从前无悔，对将来不惧，踏实过好每一天，一切都还来得及。滚滚红尘中，心静自然凉。

走吧走吧，为自己的心找一个家。

作家周国平说：人最宝贵的东西是生命和心灵，把命照看好，把心安顿好，人生即是圆满。

命由天定，相由心生。心若无处安放，走到哪里也都是流浪。

人类全部的智慧就包含在等待和希望中

一觉醒来，天还未亮。瞥了一眼手机，发现闺密从北美洲的最北端发来微信，便顺手回了过去。一来二去，竟聊得睡意全无。

她讲的故事，完全出乎我的意料，且有些事并非是我能承受的。我看见自己在黑暗中张大了嘴巴。她却轻描淡写地说：原以为到了这把年纪，什么都听过见过了，没想到好多波澜壮阔还在后面等着呢，所以人生的精彩也还在后头呢，得一直期待着往前走。

自她远赴"枫叶之国"后，我私下以为她终于摆脱了周围的嘈杂，而我也不想让生活老是考验我，面对所有的日子只求放过就好。但是岁月从来就不肯惯着我们。我和她虽然隔着千山万水，却依然能够一起哑巴成长的滋味。这到底是好还是不好？

前天晚上在单位加班，回家已经错过了晚高峰。3路车上乘客很少，连座位都没有坐满。在江山市场那站，车轮已经启动，一个男人大喊大叫地追赶。司机紧急刹车，他踉踉跄跄地上来了，一屁股坐在我前面的位置上。我仔细看他，也就五十多岁，但是满脸沧桑，皱纹里好像都是灰尘。司机说：这么吵吵，我还以为轧脚了呢。他咧嘴一笑：要是真轧脚我可捡着了，后半辈子就有人养我了。

那一刻，我心里五味杂陈。脚被轧了，该是一件多么痛苦的事，可他竟然想以这种方式来换取衣食无忧。什么时候像他这样的人可以不这么辛苦?

七八年前,父母相继过世,让我一下子觉得自己成了一个孤儿,还没长大就老了。好多事躲也没处躲,只能硬着头皮面对。好多时候怀疑自己,那颗心是不是逐渐变冷变硬?直到遇见这个因为脚没被轧着而感到遗憾的人。

那一刻,我发现自己竟有如此强烈的悲悯情怀。"安得广厦千万间,大庇天下寒士俱欢颜"?杜甫的这两句诗瞬间浮上脑海。

那一刻,我想告诉他,无论境况怎样,都要向前向上。也许明天就真的轧脚了呢?虽然我希望这一幕永远不要出现。

为备战"吉马"直播,我得查阅大量史料。"打响'抗战第一枪'的冯占海率部进城,青年学生迎出去几十里地",读到这里,我的心激动不安;参加草根音乐节,听到《我的江城我的家》,想想这首歌的词作者、亦师亦友的老领导离开我们已经整整一年了,我的眼睛湿润了;观看"启航——2017年吉林市广播电视台媒体资源推介会",从大屏幕上看到"青春经广",看到昔日的战友风华正茂,我竟然两次落泪……

原来岁月并没有将我们变得麻木,原来我远没有想象的那么坚强。

所有的日子看起来都一样,但是说不上哪一天就会带给你惊喜。就像前天晚上,它让我重新认识了自己。

闺密说,她现在只有等,等着一切变得好起来。而且我和她一起相信,未来一定好得不得了。

生活不会一下子展示她的全貌,所有的美丽都暗藏在日复一日的等待中。岁月也不忍心伤害认真生活的人,即使伤害了也会在以后的日子有所补偿。

人类全部的智慧就包含在这两个词里面：等待和希望。这是谁说的？法国作家大仲马，《基度山伯爵》中的最后一句话。

和我在舒兰的街头走一走（一）

这个周末，阳光终于不再躲闪，明晃晃地有些刺眼。和炎热一块儿到来的，还有来自舒兰的朋友，在觥筹交错之际，他们热切地约我去舒兰做客。

舒兰我是去过两三回的。但除了工作根本没时间逗留，更别说是悠闲地走到某条街路的尽头，或者独自坐在哪个小酒馆的门口了。舒兰于我，像个"最熟悉的陌生人"。

新千年那年，为了筹拍纪录片《韩家兄弟》，我只身一人来到舒兰法特镇江沿村，跟着会吹唢呐的韩家兄弟体验生活。韩家一共兄弟六人，除了老大已过世、老二从政当村主任外，韩三、韩四、韩五、韩六个个手上都有绝活儿，把个唢呐吹得"呜呜哇哇"震天响。

那是个青黄不接的春天，头年冬天储藏的土豆已经发芽，园子里只有小葱长得新鲜碧绿。为了招待我这个城里来的客人，韩家三嫂要去村头的小卖店买几个角瓜，被我坚决制止了。三嫂说：那吃啥呀？这个季节农村啥菜也没有。我说：要想吃菜就不来你这儿了，去园子给我薅把小葱蘸酱吧。

那次在江沿村总共住了三四天，我白天随韩家兄弟赶赴各种婚丧嫁娶，晚上脱鞋上炕跟三嫂、四嫂、五嫂、六嫂唠家常。有啥吃啥、有啥说啥，让我和韩家的妯娌们很快拉近了距离。那次采访，也和韩家兄弟结下了深厚的友谊。

后来，韩家兄弟把唢呐吹出法特、舒兰，吹到了市里、省里乃至香港凤凰卫视。再后来，舒兰三百三十七人同吹唢呐，创造了一项吉尼斯世界纪录。我不知道那里面有没有韩家兄弟的身影，但是那"一碗大米饭小葱蘸大酱"却记忆如昨。

舒兰在一声声高亢红火的唢呐里，也在一粒粒晶莹剔透的大米里。

仅凭小葱蘸大酱就能让我吃下一碗大米饭，看来"中国好大米——舒兰大米"的宣传也真不是吹的。在《文化吉林·舒兰卷》中有这样一段话：舒兰自古就被清朝皇室定为"皇封贡地"，清史有"宫廷之御米多产自舒兰"的记载。公元1698年，康熙东巡宿法特四日，食舒兰稻米、捕鲟鳇鱼，故赐舒兰为"贡米之乡"。原来这就是舒兰大米的前世今生。

"碧水蓝天蕴珠玉，溢芳沁馨舒兰米"。如今再捧一把舒兰大米，我定会生出对它的敬畏之心。

又到了插秧的季节，我想追随一粒稻米，开始一场春夏秋冬之旅。和一束秧苗、一株稻花、一把稻谷同悲共喜，这样的舒兰大米才有我们熟悉的味道。

《舌尖上的中国》说得好：也许我们爱的，从来都不是食物本身，而是一起经历、一起分享、一起成长的那个人。

舒兰大米是不可或缺的人间烟火。若真能去舒兰，我将以一颗"稻之心"去探究"稻之道"。

"一排排秧苗，一杆杆吐绿的旗帜。恰似，农忙的针脚。水没过她们的脚踝，风吹扬着花头巾。一幅土埂子框起的乡村图画，我怎样才能把它挂起来？"这是诗人胡卫民的《插秧时节》。舒兰就在像胡卫民这样的舒兰诗人的诗句里。

我认识的一个最像诗人的舒兰诗人，当马辉莫属。虽然他已不在江湖，但江湖处处还有他的传说。

就在前年冬天，时代文艺出版社的掌门人造访吉林市，点名要见马辉。他和他是同时代的诗人，共同走过了一段激情燃烧的岁月。那之前我不了解也没见过马辉，只是隐约听说他在吉林市文坛是有一号的。

马辉来了。他斜挎个酒瓶子、挂着手杖进来了。他不喝我们给他斟的酒，只喝自己瓶子里的；他的乱发超出我的想象，也似乎不该到拄拐的年龄。

马辉看也不看我，自顾自地喝酒且很少夹菜。直到我敬他酒，借用了一首仓央嘉错的诗：这么多年，你一直在我心口幽居。我放下过天地，放下过万物，却从未放下过你。马辉的眼睛明亮了许多：你知道仓央嘉错？

我当然知道。我还知道，仓央嘉错的好多诗作都是马辉翻译的。厉害了我的哥！

马辉只是舒兰诗坛的一抹亮色。还有胡昭、金克义、曲立敏、于佳琪等几代诗人，让这座城市赢得了"诗县舒兰"的美誉。因为诗歌的濡染，人们可以在舒兰诗意地栖居。也因为和诗歌的纠缠，舒兰成为我要去的"远方"。

趁着夏天还没真的来临，趁着赵雷的《成都》依然大火：

和我在"舒兰"的街头走一走，直到所有的灯都熄灭了——也不停留。

和我在舒兰的街头走一走（二）

想去舒兰的时候还是暮春，等真正踏及那片土地已至盛夏。是我不肯放弃春色，还是夏天已经等了太久？

那日的舒兰是慷慨的。阳光毫不吝啬地普照大地，仿佛所有的不开心都可以拿到这里来晾晒；那日舒兰的街头没有一丝风。她像一个见过世面的女子，以沉稳大气礼遇每一位到访的客人。

但是头顶的烈日仍然抵不过舒兰人的热情，他们急切地向我传递有关舒兰的各种好。在我来不及消化的诸多内容里，还是记住了两句话：物华天宝舒兰大米，人杰地灵完颜希尹。

舒兰大米是苍天厚土对舒兰人的眷顾。一提起舒兰大米，舒兰人就会自豪地告诉你："中国好大米在东北，东北好大米在吉林，吉林好大米在舒兰。"

即便是走在舒兰的街头，也总会"遇见"舒兰大米。不仅"稻花飘香、舒兰大米"的广告牌随处可见，舒兰人还把"风吹稻浪"搬到了城市中央。

位于细鳞河畔的细鳞河广场，有一条稻田景观路。在与一株株稻穗的深情对望中，舒兰人和舒兰大米相看两不厌。合着舒兰人的诗意不在远方，而在这片最接地气的城市稻田里。

一粒舒兰大米的背后，彰显的是一座城市的民生情怀。登陆央视、进入高铁、走上高速，舒兰大米一次又一次出发。就连2017吉林市国际马拉松，在最美赛道上也能看到它的身影。

舒兰市委常委、宣传部部长肖模喜说：今年"吉马"，我不是一个人在战斗，而是和二百名舒兰跑友，身披"舒兰大米"战袍一起出征。在"舒兰大米、一路有你"的呐喊声中，他用一小时五十五分十八秒完成了"半马"。

舒兰大米亮相"吉马"仅是一个开始，因为舒兰人已经把舒兰大米根植在自己的精神气质里。

舒兰是舒兰大米的家园，也是金代开国元勋完颜希尹的故乡。有名人才有名城，有完颜希尹才有舒兰厚重的底蕴。如今走在舒兰的大街小巷，千百年前的金戈铁马隐约还在耳畔回响。

完颜希尹自追随金太祖完颜阿骨打起兵之日始，几乎参与、策划了诸如吞辽国、擒徽宗、钦宗二帝、灭北宋等所有重大事件，为大金国的建立立下赫赫战功。

"造字兴文明于女真，定法行礼教于金代。"完颜希尹创造了女真大字和金国礼法，是中国历史上少数民族中的圣贤达人。

后来金国朝廷斗争尖锐，完颜希尹含冤而死，被葬在族居之冷山，今舒兰市小城镇境内。其后人所建完颜希尹家族墓地，现被列为国家级重点文物保护单位。

此行虽未去墓地拜谒，却结识了完颜希尹研究会会长李士军，他是舒兰市民间研究完颜希尹第一人。

在李士军古色古香的办公室，我看到他收藏的一方《完颜希尹墓碑》的纸质拓片。因为这块墓碑放置在完颜希尹墓的神道旁，所以学术界称之为《完颜希尹神道碑》。

墓碑是浓缩的生命档案，散发着独特的历史韵味。拓片共计两千八百余字，记录了完颜希尹的生平及业绩，昭示了一代先贤的人生轨迹，对研究舒兰的文化血脉具有重要意义。

舒兰大米是舒兰的城市名片，完颜希尹是舒兰的文化地标。渐行渐远的，是一个王朝远去的背影；正在崛起的，是一座现代农业生态城。

在舒兰仅待了一天，依然没能到街头走一走。回望舒兰，顿觉这个名字有点儿浪漫，既舒朗通透，又蕙质兰心。不是吗？

《摔跤吧！爸爸》：印度电影人的自我修养

在一片叫好声中，我走进影院看了《摔跤吧！爸爸》。这部电影好到什么程度呢？

我家附近新开了一家影城，这个月的月初我去看了一场电影，偌大的放映厅里就我和我妹两个人。那部影片的开头还有点儿小恐惧，吓得我俩都想走来着，但是一想到要战胜自己，便硬着头皮坚持了下来。本是冲着放松去的，结果反而紧张得要命。

这回看《摔跤吧！爸爸》就不一样了。还是那个放映厅，却座无虚席。我旁边有个小男孩儿，也就四五岁的光景，全程一百六十九分钟不吵不闹，一直聚精会神地盯着大银幕。所以不用我说，好坏一比便知。

斯坦尼斯拉夫斯基有本《演员的自我修养》，据说是全体演员的教科书。而我私下认为，《摔跤吧！爸爸》之所以好看，是缘于印度电影人的自我修养。

修养一：体育类型片原来可以这样拍。

摔跤并不是我喜欢的体育项目，但是印度电影人能把一个父亲培养女儿摔跤并最终夺冠的故事拍得如此妙趣横生却出乎我的意料。

情趣是这部励志影片的调味剂，它有本事让观众在泪水中时不时地会心一笑。情趣也充分展示了印度电影人的功力，让《摔跤吧！爸爸》

成为一部有情怀的电影。

中国人是缺少幽默基因的。那些有趣的人是我们生活中的调味剂，他们让原本平淡的日子增添了味道。有趣跟摔跤一样，也是需要天赋和人文底蕴的。珍惜身边那些有趣的人吧！

无论境况如何，都要努力让自己的人生变得有情有趣。这样的人生才会如电影一样，让人能够看下去。

修养二：演员竟然可以这样拼。

扮演父亲的是印度国宝级演员阿米尔·汗。拍这部电影时他五十一岁，却要在片中经历十九岁、二十九岁、五十五岁三个年龄段。他以其标准的身材，先是拍完了二十九岁的戏份，然后增肥二十七公斤，演绎五十五岁已经发福的父亲。待中年父亲的戏全部完成后，他又开始疯狂健身，完美展现了一名十九岁摔跤手的体态。

有人问阿米尔·汗：为什么不用特效化妆？"那样我就无法捕捉胖子的感觉了。"阿米尔·汗如是说。

电影中有这样一句歌词：这个世界充满假象，唯有痛楚从不说谎。这句话用在阿米尔·汗的身上，也是蛮契合的。

没有经历过炼狱般的磨难，是不足以谈论成功的。"去努力吧！没有人会为你口中的梦想和满腔的热血买单。"

修养三：技法似乎可以这样用。

《摔跤吧！爸爸》中的爸爸对女儿传授了很多摔跤技法，在我看来有些技法是具有普适性的人生哲理，用在每个人的身上，都会指导我们在人生的竞技场上走得更远。

片中给我印象最深的一句话："在比赛之前，要先战胜恐惧。至少我的女儿已经战胜恐惧。"恐惧是一种心理反应，战胜恐惧是迈向成功的第一步。

我们每天都接触不同的人，面对各种大事小情，有时候难免会心里发怵。其实很多障碍都是自己给自己设置的，如果能够克服恐惧心理，就没有跨不过去的沟沟坎坎。

人生也是一个摔跤场。印度电影人告诉我们：正面迎战吧，这正是你生来的目的！

他们的自我修养，也应该是我们每个人的自我修养。

那株遥远的黑郁金香

听说人民广场有一片郁金香花海，去年就没赶上，所以一直都是心心念念的。"端午"小长假的第二天，便直奔那片花海，可惜大部分已经凋谢，余下不多的正在枯萎。

终究还是错过了她的花期。看着眼前这些身材高挑的白色的、紫色的、黄色的、粉色的郁金香，我忽地想起了那株遥远的黑郁金香。

最早知道郁金香，是通过法国电影《黑郁金香》。这部电影在中国上映的时候，我还是个不谙世事的少女。"黑郁金香"既是影片中一位蒙面剑侠的绰号，也是贯穿全片的一个不可或缺的道具。每当那株神秘、鬼魅、诱人的黑郁金香出现在镜头里，就意味着那群贵族老爷中又有人要接到死亡通牒了。

电影中的那株黑郁金香将生与死、诡异和浪漫集于一身，让人明知危险却又不由自主地想去靠近。

这就和阿兰·德龙有些相像了。不知道现在还有多少影迷会想起他？这位"法兰西的情人"，在《黑郁金香》中一人分饰两角，将蒙面剑侠演绎得既高冷又儒雅，既玩世不恭又风度翩翩。

阿兰·德龙在尚未成名之时，就凭借一张魅惑众生的脸孔，吸引了"茜茜公主"罗密·施奈德。

我看《黑郁金香》和奥地利影片《茜茜公主》是同一年，但实际上《黑郁金香》的上映要比《茜茜公主》晚十年。也就是说，阿兰·德龙的全盛时期，要比扮演"茜茜公主"而成名的罗密·施奈德晚十年。

即便如此，也挡不住她风一般向他跑去的身影。

那年他二十四岁，她二十一岁。他名不见经传，她已经是家喻户晓的"奥地利公主"。他和她的爱情，应该是二十世纪影坛最为人们所津津乐道的故事之一。

然而这段轰动一时的佳话，只持续六年便结束了。他们不是输给了不爱，而是输给了现实。"法兰西的情人"的心，不可能只属于"奥地利公主"一个人。

1982年，年仅四十三岁的罗密·施奈德香消玉殒；2008年，法国电影恺撒奖将荣誉奖颁给了罗密·施奈德。颁奖嘉宾是年逾古稀的阿兰·德龙，他几乎有些语无伦次地说：为什么我今天会来？因为我非常想你；因为五十年前我们是未婚夫妻，我们相爱过；因为我们曾经幸福，也曾经不幸过……

阿兰·德龙就是那株黑郁金香，容易让人沦陷却又无法抗拒。他冷酷的外表下，藏着浪漫的骑士情怀。在他的心里，始终有一块地方是留给罗密·施奈德的。

黑郁金香的花语是"美丽却无望的爱"。就像阿兰·德龙和罗密·施奈德，两个人如隔沧海错过万年。

法国作家大仲马形容黑郁金香：它艳丽得叫人睁不开眼，完美得让人透不过气。来年姹紫嫣红的郁金香花海，会不会有几株傲视群芳的黑郁金香点缀其中？

伸手够不着的就是不需要的（一）

我又被同事相中了。任务是主持新婚答谢仪式。如果我不打退堂鼓的话，明天我将第三次担任婚礼司仪。

为什么会是我呢？我也分析过，大概是我做导演许多年，经常在台下对台上的主持人提出各种要求，给人感觉好像挺明白似的。前两天不是还告诉两个新晋小花旦，让人家把心留在舞台上吗？所以大家以为我上台可能也行。其实我真的不行。

写《红楼梦》的曹雪芹能演贾宝玉吗？我想应该是一个道理。

我不行的最大原因是我的声音太弱。要是主持二三十人的雅集可能还将就，但面对二三百人的大场面劣势就完全暴露了。每当我和人家强调这一点时，他们都会说：有话筒你怕啥呀？

有话筒我也怕。因为没有受过专业训练，我很难将每一句话都清晰地传入台下观众的耳鼓。后面的人听不到，他们就会交头接耳。他们一交头接耳，我在台上的阵脚就乱了。阵脚一乱，心也就跟着乱。

"把心留在舞台上。"对不起，这句话我说早了。

既然被委以重任，咋说也得努一把力。我早起跑步的时候背稿子，晚上回家对着镜子大声练习，可还是说了上句忘下句。我能把《琵琶行》《阿房宫赋》倒背如流，怎么就对付不了这几句词呢？

有机会上台，还得注重形象。第一次给同事主持婚礼，我买了一条平生最贵的裙子；第二次给同事的女儿担任司仪，我给自己从头到脚置办了一身行头；这回没有前两次疯狂，但还是添置了一件衬衣和一条牛仔裤。

　　为了穿进去那条裤子，我从周一开始节食，但是效果不甚明显。昨天我本打算一口不吃，结果晚上一个朋友找吃饭，一顿肉串加红酒下来，非但没瘦还胖了二斤。我还能不能行了？

　　今天绝对是一口不吃了。谁找我都可以去，但是我要把嘴巴闭得死死的。

　　头发怎么办呢？平时凌乱无比，但是时间久了倒也形成了我的风格。上台可就不行了，显得不够重视。其实我内心已经重视得不要不要的。今天得找个地方处理一下。

　　额滴个神啊，头都要炸裂了。形象可以交给别人设计，主持还得自己完成啊。

　　昨天看到"吉马"主持人杨文杰，我让她给我示范一下。她一示范，我更不会了。但是同时我也明白一个道理，我咋努力也成不了杨文杰了。

　　做我自己就好。说错就重来；忘词呢？想到啥就说啥呗。以我的一片丹心，来不负大家对我的信任。

　　说一千道一万，还得把心留在舞台上。

　　千人千思想，万人万模样。人生在哪个段位就干哪个段位的事。努力是应该的，但伸手够不着的可能就是不需要的。

伸手够不着的就是不需要的（二）

新婚答谢仪式终于主持完了。背稿子的时候背不下来，谁知结束了想忘还忘不掉了。浑身上下都是台词儿，它们一个个地从兜里口袋里往外蹦。

看来主持人的确属于特殊人才，尤其是已经人生过半才想往这方面发展的，若不是吸了天地之灵气，最好还是歇歇吧。

离开饭店前，有几个朋友要送我回家，我说我还得回趟办公室，临行前换下来的衣服扔得满沙发都是，口红、气垫、眉粉、眼线笔还横七竖八地躺在桌子上，怎么也得回去收拾一下。

有时候不是没有做一件事的时间，而是没有做这件事的心情。当所有的精力都在婚宴上，那一刻就是油瓶子倒了，我也未必有心思或能力去扶。

单位有个姐姐得知我回办公室了，我刚冲杯咖啡还没等喝呢，就见她穿着近十厘米的高跟鞋，风风火火地从外面赶来，手上拎着一个福源馆的盒子，告诉我里面是六个粽子。她怕我已经离开办公室，也怕我过节吃不上粽子。

她走后我鼻子一酸，脑海里浮现的是我刚才在台上说过的话："我之所以放下胆怯，是因为我对市委宣传部这个温暖的集体的热爱""感恩有你，感谢人生路上所有向我们伸出援手的人""今天的婚宴也是一次家宴"。这样的时刻，这些话用在我自己身上是再合适不过了。

从办公室出来，我换上了平底鞋，沿着江边往家的方向走。此刻空气澄明阳光温润，而我却有一种热闹过后的落寞。在这个岗位工作了二十年，多少次大型活动结束后我都是这样的状态。绷紧的神经一旦放松，身体也就跟着拿不成个了。多少次回家之后，我连脸都洗不了。

也许生命中所有的灿烂，都是需要用孤寂来偿还的吧。这就像一段明知会失败的感情，要想避免结束最好的方法就是避免开始。但所有的开始都是神不知鬼不觉的。

到家已经六点了。简单吃了点儿东西，就一门心思想睡觉。睡到半夜，看到委任我当司仪的姐姐发来微信："今天的答谢圆满礼成，家人朋友赞不绝口。我拿什么谢谢你呢？唯有悄悄地告诉你，你是我心中最棒的主持人，你把我的想象完美地体现出来了。"后面是无数朵玫瑰和无数个拥抱。我知道姐姐说的是溢美之词，便只回复了一句："尽管不太完美，但我已经尽全力了。"

从早晨五点起来背词，到晚上六点回家，我完成了对我来说几乎是不可能完成的任务，因为"主持"这个差事真的不在我的段位上。

写完《伸手够不着的就是不需要的》（一），有个电视台的姐姐说"没看懂"。现在我就来释义，这句话的意思是，能力所不及的，就别跳脚去够，否则落地不稳，崴脚或摔着都是可能的。

"如果不逼自己一把，就不知道自己有多优秀。"写这种鸡汤的人，肯定没主持过婚礼。再逼陈景润他能成李谷一啊？我们每个人，都在自己的领地上玩耍就好。

那些伸手够不着的，就当是不需要的吧。

生命中的所有都是蓄谋已久

去市委党校旁听了一堂课。为什么是"旁听"呢？因为是慕名而去的，本不在听课的学员之列。

主讲人在长达九十分钟的时间里，没有任何文字提示，如行云流水般一气呵成。若不是台下下足了工夫，怎会有台上的完美呈现？我想他是"把别人喝咖啡的时间都用在了学习上"。

又想起前两天我主持婚礼那码事儿，自以为早晨五点起来背稿就已经很用功了，殊不知"台上一分钟"需要"台下十年功"，掌声和鲜花的背后，流淌的是汗水、泪水甚至是血水。临时抱佛脚，佛能管你吗？

哪里有天才，所有的精彩都是蓄谋已久。

碰到一个多年未见的朋友。我们在豆蔻年华相遇，后来她举家迁至南方，这次回来辗转找到我，我们便约了吃饭。

毫不夸张地讲，她似乎还停留在二十几岁的模样。吃饭的时候，她不能吃放了酱油的菜，说是怕皮肤变黑。每吃一口食物，都在精确地计算卡路里，一旦超标立刻放下筷子；出门的时候，墨镜、帽子、纱巾马上全副武装，并问我实时的紫外线指数是多少？

这么多年她都是这样过来的。她用精准的数字，把她的生活量化了。

和她相比，我喝酱油像喝汤，每天摄入的卡路里随心所欲，从来就没关心过紫外线指数，有它没它都是一天！

　　原来她的颜值并没有比我高出多少，现在走在一起就觉得我们不是一个年龄段的了。许多人如我一样粗糙地活，最终也可能被生活粗鄙地对待。

　　哪里有天生丽质，所有的美丽都是蓄谋已久。

　　舒淇和冯德伦结婚了。2016年的9月3日，舒淇曝光了一组婚纱美照，猝不及防地宣布嫁给冯德伦。

　　他们相识有二十年，曾经熟络得像个邻居。两个人在情路上各自花开，也见证了彼此的低迷与坎坷。二十年后，舒淇和冯德伦昭告世人：我们决定纠缠一辈子！

　　缘分啥时候到，真的谁也说不好。兜兜转转，也许最终嫁的就是最初的那个人。

　　哪里有一见钟情，所有的爱情都是蓄谋已久。

　　N年以前，一位前辈就讲：人生只有四个字——自作自受。有什么样的因，就有什么样的果。

　　生命中的所有都是蓄谋已久。

印象红石

离喧嚣的都市越远，离心中的那块世外桃源就越近。

从吉林市出发，驱车一百五十公里，红石国家森林公园，就那般卓尔不群地安枕在一片青山绿水间。

红石的山，仙风道骨；红石的水，灵秀奇幻。山的静默与水的烟波，为红石谱写了一部浑然天成的交响，一首九曲回肠的咏叹。

清晨，太阳从山坳里苏醒。光线斜斜地爬进密林，在每一株叫不出名字的树梢上游移。神秘的薄雾缭绕弥漫，将整个红石点缀得犹如仙境。

红石的山，因季节不同，或素淡如水墨，或浓烈如油彩。

当春光刚刚乍泄，春花便毫不羞涩地在山间肆意绽放。那些穿越千年的植被也忘却了矜持，迫不及待地茂盛起来。置身于溢红流韵之中，仿佛有一种隐秘的激情，被这些闲花野草所撩拨着。走在崎岖蜿蜒的小路上，吸一口纤尘不染的空气，所有的浮华都放在了身后，所有的嘈杂都飘向了天际。

红石的斑斓在秋天。天空旷远，云卷云舒。柞木红得热烈，杨树黄得绚烂，柳叶依然翠绿，就连白桦也比以往更加清丽。喧闹的小溪在山谷里穿行，鸟叫虫鸣有如天籁之音。红石的秋天是大自然的杰作，美得无法复制。与别处相比，它多了一分生机，多了一点儿秋魂。

在红石的群山之间，有三处落入人间的瑶池，那就是被称作"长白山下第一湖"的白山湖，有着"东北第一狭湖"美誉的红石湖，以及"北疆的鱼米之乡"的高兴湖。

乘船在湖上缓缓前行，怒放的风景随处可见。两岸山石嶙峋，流露出一股峥嵘之美；湖水碧波荡漾，像面变幻无穷的魔镜。三颗明珠，交相辉映，在天光云影的映衬下，让人只能远观而不敢触摸；三个精灵，璀璨夺目，在落日余晖的普照下，让人只能凝视而无法诉说。

夜幕降临，四周的远山将滚滚红尘挡在了云外，静谧的湖水神秘莫测，宛若一个鬼魅的妖姬，在梦里还诱惑着你。

红石的精彩，不只是山的瑰丽、水的秀美，曾经的过往和独特的风情，更为红石演绎了一个千古流传的绝唱，一支余音绕梁的骊歌。

在清朝驰骋华夏入主中原之际，红石被誉为"满族的发祥地"。这里的山水被封作"龙水凤脉"，这块土地属于不得擅自入内的"龙兴之地"。两百年的封禁，为红石披上了一块面纱，镀上了一层时光流转的亮色；古老的传说，为红石平添了一种风流，徒增了一抹岁月更迭的沧桑。

而在20世纪30年代的刀光剑影中，红石更是东北抗联的主战场。杨靖宇、魏拯民两位将军曾在红石高扬民族主义旗帜，转战密林抗击日寇。虽然昔日的炮火已渐行渐远，但当年的战地仍然依稀可辨。来到红石，在游山玩水之余，重走抗联路，重吃抗联饭，重住抗联营，重温抗联情，成了很多人为之神往的红色之旅。

在红石国家森林公园，不同的民风在这里交汇，迥异的文化在这里融合。打鱼人、挖参人、狩猎人，为红石编织了一幅粗犷的民俗画卷；

而放排人、伐木人、淘金人则为红石搭建了一座豪放的风情画廊。如今伫立在红石的风中，隐约还能听到把头们的呐喊，那些山之经典正在经年累月地等待着游人的莅临。

今日红石，依旧在湖光山色与古风古韵中书写传奇。看累了风景，可以去白鹭河漂流，放逐所有的思绪，体会一下有惊无险的乐趣；也可以来森林游吧，放松所有的心情，寻觅一种大山深处的明澈。

红石，天人合一，山水相融。作为国家森林公园，红石是一种诱惑，让人欲罢不能；作为吉长两市的后花园，红石有一种魔力，让人流连忘返。

我想和桦甸的一万株白桦相逢

应邀去桦甸。从常山到苏密沟再到红石，碰到的人十有八九会说：桦甸的资源太丰富了！"一江秀水、百里桦林、千顷湿地、万山红叶"是对她最好的概括。

无论是地下金矿还是地上宝藏，如果非要从众多资源中梳理出一个城市文化符号，那么这个符号非亭亭玉立的白桦莫属。"桦甸"本身的含义，就是"白桦"和"草甸"的完美组合。

株株白桦为桦甸平添了几许浪漫。她像一个痴情的少女，一年四季都在那片土地上等着你。

春天来了，白桦林散发出诱人的气息。每一株白桦树干修直，洁白雅致。枝头吐出的新绿，处处彰显着勃勃生机。周围一些叫不出名字的野花，恰到好处地衬托了她脱俗的气质。

夏天的白桦树婀娜多姿，郁郁葱葱。微风过处，树叶沙沙作响。白桦林中的小木屋，是避暑休闲的绝佳选择。在蔚蓝天空的映衬下，白桦林愈发地优美怡然。

桦甸的寥廓是十月之后。此时的白桦林披上了金黄色的盛装。夕阳将白桦树的影子拉得长长的，整片白桦林显得更加深邃而悠远。炊烟在一抹秋色中冉冉升起，让人仿佛置身于仙境一般。

冬季的白桦林仍旧显示出旺盛的生命力，虽然树叶落光但是树梢直指天际。在漫天风雪中，留给世人一个个不屈的身影。待风停雪驻后，白桦林又是一个踏雪寻幽的好去处。

白桦林以其独特的风骨，不仅是画家描摹的主题、摄影家镜头中的宠儿，还是很多作家、诗人灵魂的栖息地。

据说列夫·托尔斯泰就常年居住在白桦林里。他喜欢在细雨中散步，总是"慈爱地抚摸桦树湿润而光滑的树干"，或轻声吟哦或窃窃私语。

"我带着一身疲倦，从遥远陌生的地点回到了可爱的家园。白桦树啊，依然站立在水塘旁边，她穿着白色的裙子，垂着绿色的发辫。"这是诗人叶赛宁眼中的白桦林。

而歌手朴树的《白桦林》就更广为人知了。它讲述了苏联二战时期，一位姑娘在白桦树下，默默地注视着自己的爱人随部队远走。战争胜利了，她的爱人却再也没有回来：

　　天空依然阴霾依然有鸽子在飞翔

　　谁来证明那些没有墓碑的爱情和生命

　　雪依然在下那村庄依然安详

　　年轻的人们消逝在白桦林

每一片坠落的树叶发出的声响，都像是白桦树下等待的姑娘的心碎。

忧伤的白桦林啊，究竟吸引了多少世人的目光？高洁的白桦林啊，让桦甸的山水变得如此多情。

因为白桦林，我们没有理由不去桦甸。因为桦甸，我们可以去白桦林里诗意地栖居。

如果说"世间所有的相遇，都是久别重逢"，那么这个夏天，我想和桦甸的一万株白桦相逢。你准备好了吗？

一个蒲公英盛开的地方

二道甸子是桦甸的一个小镇。所谓的甸子，就是一望无际的草地。小镇境内有一座南秃顶子山，一千二百七十四米的海拔令其耸入云端。

初夏时节，一块偌大的草甸在山巅铺展开来，千朵万朵盛开的蒲公英，把它装点成一处空中花园。

这里很静，可以听山风和流云对白，也可以听自己和灵魂聊天；这里很美，几乎伸一伸手就能够到天堂，仿佛一切都被定格为一幅斑斓的山水画图。

这里是蒲公英的故乡，蒲公英就绽放在这静默而绝美的时光里。

当城市的桃花谢了，杏花已经结满果实，就连郁金香也褪尽了最后一点儿残红，唯有这片草甸上的蒲公英还在抒情。

蒲公英浪漫了桦甸的大山，大山也护佑了那些前来赏花的有情人。

一些驴友打破山里的沉寂，将蒲公英从一帘幽梦中唤醒。蒲公英为漂泊的心找到了一处停泊的港湾，人们在这片云中花海里将时间的咒语甩在身后。

站在高山之巅，所有的思绪都被放逐天际。这一刻，没有人追问你的前生和来世；这一刻，天是你的，地也是你的，全世界都是你的。

漫山遍野的蒲公英金灿灿的。她平凡而顽强，只要有一点儿缝隙，就会努力生长；她质朴而有梦想，以饱满的热情，让大地光彩重生。

　　和所有的生命一样，绚烂之极的蒲公英将归于平淡。当一朵朵黄花变成一个个白色的降落伞，蒲公英以飞翔的姿态随时在等风来。风会把她的种子带到空中，她的一生便在飞舞中完美。

　　山顶的风并不凛冽，谁会在那里等待蒲公英的下一次轮回?

　　桦甸有个二道甸子小镇，小镇里有一座南秃顶子山，山上有一块天然草甸，蒲公英在那里盛开。

你还在我身旁

还有十九天，2017年就只剩下一半了。日子嗖嗖地过，让人顿生光阴似箭的无奈感。站在年中的节点上，一半是回忆，一半得继续。

经过岁月冲刷的岛屿，还有谁和你一起站在岸上？

电视台有一档文化类栏目，前几天编导找到我要给我做一期专访。因为这档栏目的负责人是我在电视台工作期间带过的编导，所以从支持她工作的角度也别考虑高调低调什么调了答应就好。

但是一听她们的想法，要么谈我参与的大型活动，要么谈我的文学创作，我就觉得有些不妥了。说"大型活动"，我认为现在就"顾后"还为时尚早；说"文学创作"，我需要"瞻前"因为迄今为止还没有大部头的作品。最后她们说，谈谈你的业余生活吧。

爱因斯坦说："人的差异在于业余时间。"八小时以内决定现在，八小时以外决定未来。

认真回顾一下，上半年我的业余生活主要有三件事：写稿、跑步、睡觉。

本来想写"写作"来着，但是"写作"于我而言有点儿夸大其词。我不止一次和朋友讲，写些小稿能让我始终保持一个创作状态，还可以防止中年痴呆。此外就是像迟子建说的那样："提着文学这盏灯，你就不怕一个人走夜路。"

盘点上半年：二月一篇、三月两篇、四月四篇、五月九篇、六月（截至今天）四篇。我的前三个月难道是忙着过年了吗?

跑步最初是为了塑形，现在则更多是想着健康。每天晨跑一小时。前几个月坚持的还好，这个月是一天没跑。因为忙马拉松，满脑袋都是事儿，不是没有跑步的时间，而是没有跑步的心情。

马拉松要来了，反倒不能跑了。为了让更多的人跑，我不跑也是值得的。"6·25之后"，说啥也得继续跑。

准确地说，"睡觉"应为"早睡"。熟悉我的人都知道，我是全世界最不能贪黑的人。没事的时候"早睡觉"，有事的时候"睡早觉"。总之睡眠占据了我太多的业余时间。

我有一个朋友，她有一句口头禅："不行，我得先睡一觉再说。"因为她知道，即使有各种不开心，睡觉依然是谁也抢不走的爱好。

"往回看"是为了更好地"往前看"。时光不能倒流，人生不能重来。珍惜才能拥有，感恩才会天长地久。

突然就想到了香港中文大学微情书大赛一等奖作品，它是一首送给母亲的小诗《你还在我身旁》：

瀑布的水逆流而上

蒲公英种子从远处飘回　聚成伞的模样

太阳从西边升起　落向东方

子弹退回枪膛

运动员回到起跑线上

我交回录取通知书　忘了十年寒窗

厨房里飘来饭菜的香

你把我的卷子签好名字

关掉电视　帮我把书包背上

你还在我身旁

2017年行将过半，时间并没有把一切都带走。幸好，文学、健康、睡眠还在我身旁。

两个人的一百天

看到闺密在朋友圈发的《写给100天后的自己》，我决定和她一起加入到"百天整治行动"中来。

一百天后是哪年哪月哪日？我翻看了一下日历，恰逢2017年的9月19日。日子很好，有点儿天长地久的意思。是不是经过这一百天的打磨，岁月就会把我和她雕琢成自己喜欢的样子？

闺密的"百天计划"是：坚持每晚朗读一篇文章、坚持每天创作一幅油画、坚持每日暴走一个小时。她说"倘若不坚持做一些事，将来很难和自己好好相处"。

我和她的理想不同，但也有自己的"坚持"：坚持看完《平凡的世界》、坚持背诵《长恨歌》、坚持多走一步和少吃一口。我说"把微习惯变成习惯，苔花如米小也学牡丹开"。

路遥的《平凡的世界》，被誉为"茅盾文学奖皇冠上的明珠、激励千万青年的不朽经典"。当我还是个"青年"的时候，就想看看这部呕心沥血之作，结果却一直拖到现在。

随着同名电视剧的热播，我终于翻开了它的扉页。如何面对苦难？是我读它的理由之一。"苦难并没有让苦难的人们低下头，而是让他们更深刻地成长"。用今天的话说，就是"我不怕万千阻挡，却只怕自己投降"。

这套书共三部、一千二百五十一页，我已经看了二百五十八页，后来莫名搁浅了。现在重拾《平凡的世界》，每天读十页，一百天后刚好读完。不手不释卷，不好高骛远。

2016年10月去古城西安，想起"春寒赐浴华清池，温泉水滑洗凝脂"的诗句，便动了要背《长恨歌》之念，但是直到今年春节后才开始行动。

白居易的这首长篇叙事诗，也分三个部分共有一百二十句。我已经陆陆续续地背了三十二句，恰好完成了第一部分。第二、三部分分别为四十二句和四十六句，一百天之后我要全都背下来。一天几句很容易计算吧？

经过前一段的"迈开腿、管住嘴"，我买衣服已经不用试穿了，直接告诉导购"找最小码"，且拿起衣服走人头也不回。没经历过挥汗如雨和饥饿难耐的人，是无法想象和体会那种自信与成就感的。

但是人是很容易骄傲的。只要大吃二喝三天，再穿最小码的衣服就显得吃力和挣扎了，所以"多走一步和少吃一口"将成为我人生的常态。健康的身心，要从管理体重开始。

当然还有一些需要坚持的，是只有我自己才知道的小秘密。只可意会，不能言传的哦。

如果再有时间，就看看余世存的《时间之书》，这个可不按百天计，也可能用一年或一生："春风春鸟，秋月秋蝉，夏云暑雨，冬月祁寒"，每段时间都有可感之物，都有人与自然人心相合的美好经验，也都有一部适时而为的行动指南。

"做三四月的事，在八九月自有答案。"期待啊，遇见一百天后的我和你。

一念向北

离夏至还差几天，夏天就迫不及待地"不请而至"。上周朋友圈还在抱怨，"6月是骗人的，晚上要盖棉被睡觉"；谁知这周气温一路飙升，北方也终于开启了夏天模式。

当空气中弥漫着丝丝热浪，人们就开始寻找凉快的地方了。就像冬天要涌向三亚，这个季节则能往多北就往多北。我的女友和她老公就是今晨出发，向北向北再向北，直至中国最北端的北极村。我想他们这次是一定"能找着北"了。

北极村是我十分向往的地方。一连几个夏天，我都在翻看旅游攻略，但总是止步于"吉林——哈尔滨——漠河——北极村"不甚便利的交通上。这条线路最好是自驾游，但是我已经放弃"开车"这项技能了。

向往北极村，不仅因为她处于北纬五十三度半，有着极地的神秘和神奇的天象，还因为她是我喜爱的一位女性作家迟子建的故乡。

喜欢一个作家，往往先是缘于他（她）的作品。迟子建也不例外。虽然迄今为止，我只读过《旧时代的磨坊》和《亲亲土豆》，这两个中篇并不是她的代表作，但丝毫不影响我对她及其作品的兴趣。

好像就是在《旧时代的磨坊》那本书里，我看见一张迟子建的照片，她倚在故乡的木刻楞房的窗口，笑意盈盈地看着窗外。那是一幅北方仲夏的场景，院子里盛开着我熟悉的芍药花、细粉莲、夹竹桃……

那一刻我觉得迟子建就像是一位邻家的姐姐，她对北极村怀有那样一种不可言说的依恋。她的《北极村童话》，不知让多少人想去赴一场白夜之约。这其中也包括我。

由此我想到了萧红、沈从文、莫言，他们让呼兰、凤凰、高密在其笔下扬名。他们和迟子建一样，都有一个和大自然如此亲近的童年。无论身处何处，始终背负着故乡前行。

前几天看北京卫视对杨丽萍的采访，她说自己没有念过书，但一直都在向大自然学习，看一朵花开听鸟叫虫鸣，水流过去石头留下来，这本身就很哲学。

是不是所有的灵感都来自天赐？但是故乡绝对是艺术创作的原点，童年的山水就是艺术家的生命况味。

迟子建的目光始终从黑土地向外眺望。在她的所有著作中，我最想拜读的还是那部荣获茅盾文学奖的《额尔古纳河右岸》。

北极村我也是一定要去的。去看迟子建的《北极村童话》，去找我总也找不着的"北"。

短的是马拉松长的是人生

两小时四十分的转播一结束，我知道2017年的吉林市国际马拉松（简称"吉马"）又要落幕了。

2016年"吉马"举办当天，我通过直播车上不同点位传来的画面，看到在前面领跑的非洲选手，尤其是女选手，比夜色还黑的皮肤紧紧地贴在骨骼上，奔跑的姿态犹如一头雀跃的小鹿，那一刻真想冲到赛道上，管它终点究竟有多远。

第二天早晨，我便跑了一个人的"迷你"赛，大概五公里，用时四十分钟。因为没有参照，所以也不知道快慢。但绝对是一口气跑下来的，中间没有任何停歇。

一场"吉马"，让我离跑步更近了。跑步和读书一样重要，前者能让身体觉醒，后者可以让心灵远行。

在我"认识"的人当中，能跑"全马"的当属村上春树。最早知道他跑马拉松，是在一本杂志上看到他写的《人生马拉松》。

1982年，村上决定以写小说为生。那年他三十三岁，站在文学的起跑线上，虽然不怎么年轻，但是人生永远没有太晚的开始。

为了保持健康，他开始跑步。村上是属于那种容易发胖的体质，看到怎么吃都不胖的妻子，他慨叹"人生真的是不公啊"。不过转念一想，那些不费吹灰之力就能保持身材的人，肯定不会像他那样重视饮食和运动，也许会过早地老化也说不定呢。"什么才是公平，还得从长计议"。

有些事换个角度，可能就会"横看成岭侧成峰，远近高低各不同"。有些事不是在于别人怎样说，而是在于自己怎么想。

村上春树不仅每年参加一次全程马拉松赛，还跑过一场长达一百公里的"超级马拉松"。那场"超马"给他留下了难以磨灭的印记：从五十五公里到七十五公里，路程变得极为艰辛，他几乎要瘫倒在地。后来他"只顾眼前"，把目标放在三米远的地方，结果整个人仿佛进入了一个自动运行的状态。

人生真是处处充满哲理啊。"只顾眼前"和"从长计议"要看场合，得与失莫非都是一种眷顾？

在"超马"的最后一段赛程，村上开始不断超越他人，经过十一小时四十二分终于到达终点。"终点线只是一个记号而已，其实并没有什么意义，关键是这一路你是如何跑的。"赛后的村上这样说。

人生就是一场马拉松，获胜的关键在于途中的坚持。"要说有什么必须战胜的对手，那就是过去的自己。"

如果能走得动，村上春树就会跑下去。那么明年的"最美赛道"上，会不会出现村上的身影呢？有句话说得好：只有心存希望，奇迹才会发生。

昨天"吉马"转播结束后，我没有立刻离开，而是站在起终点处，为每一位完赛的选手喝彩。

除了疲惫而畅快的选手，起终点处还有一些忙碌的来自全市各高校的"吉马"志愿者。无论今后身处何方，我想他们都会像十六年前那些参与《同一首歌》走进吉林市、两年前参与金鸡百花电影节的大学生一样，这座城市已经融进了他们的精神气质里。

一场"吉马"，让域外选手离"吉祥天佑，林碧水秀"的吉林市更近了，让大学生志愿者离"挑战自我、超越极限、坚忍不拔、永不放弃"的马拉松更近了。

2017年吉林市国际马拉松已经完美收官，埃塞俄比亚选手以两小时十七分夺冠。我不知道最后一名完赛的选手用时多少，但是四十二公里一百九十五米只是他们生命里程中的一段。6月25日，也只是我们所有人生命中的一天。

"吉马"过后，城市依然在奔跑。短的是马拉松，长的是人生。

我和这个夏天不只差一件白衬衫

参加同事的婚礼，我穿了一件白衬衫。它在我的衣柜里，已经沉寂了大半年。那天第一次上身，对着镜子左看右看，却总是觉得不如想象中那般的好。差错究竟出在哪儿了呢？

去年秋风乍起，在下班的路上，突然一阵电闪雷鸣，紧接着豆大的雨点砸在地上摔成八瓣。我慌乱地跑进一家小店，为感谢店主的避雨之恩，便拿了这件白衬衫出门。

有些东西只是看上去很美，就像挂在衣架上的衣服。但这并不影响我对白衬衫的情有独钟，甚至觉得它是一年四季都不可或缺的单品。

恋上白衬衫，也是有缘由的。谁没有经历过"白衬衫、蓝裤子、红领巾"的年代呢？那是我们年少时的标配。当白衬衫被岁月漂洗得缩了水，才发现自己的个子一下子蹿高了。

青春期的白衬衫是忧郁的，上面写满了不能发表的诗行。挽起的衣袖和飞扬的裙裾坐在单车上，还有谁会追问永远到底有多远？

"那时候爱上一个人不是因为你有车有房，而是那天下午阳光很好，你穿了一件白衬衫。"多少年后我们所怀念的，究竟是那件白衬衫还是那个穿白衬衫的少年？虽然那少年早已不在风里面。

白衬衫就像一个老朋友，不时地提醒着我们经历的旧时候。

当世界越发地纷繁，我们也越发地躁动不安。还是那件素简的白衬衫，却怎么也照不见当年的模样了。

林清玄说，"回到最单纯的初心，在最空的地方安坐，让世界的吵闹去喧嚣它们自己吧"。只有和自己的初心相遇，才会把白衬衫穿得至真至性。

再次找出那件白衬衫，我想让这个夏天过得纯粹一点儿。

多年以后友谊是否还在原地

快下班的时候，接到她的电话，很小心地问我：晚上能否一起吃个饭？

多么熟悉的声音，陪我多少年风和雨？从来也不需要想起，永远都不会忘记。于是很温柔地答：我好像正等着这个电话呢。

从前的我们都还年轻，每天可以有大把的时间在一起。她打给我的电话，比我单位下班的铃声还要准时。她说如果不给我打个电话，那么她下了班就不知道往东还是往西。我给她一把我家的钥匙，她家常年放着我的洗漱用品。

那时候我们的父母都还没有生病，生活中所有的不开心似乎是因为爱情。我们互为彼此的军师，指挥对方打了一场又一场或赢或输的战役。

每次去卡拉OK，我们一定会合唱一首《朋友别哭》：

红尘中
有太多茫然痴心的追逐
你的苦
我也有感触

朋友别哭

我一直在你心灵最深处

朋友别哭

我陪你就不孤独

后来她有了可爱的女儿，我也调转到新的工作岗位。渐渐地我和她都步入中年，各种琐事接踵而来，我们在各自的轨迹上前行，再也不能像过去那样如影随形了。"后来我们总算学会了如何去爱，可惜你早已远去消失在人海"。

但是无论岁月怎样变迁，我心深处她从未离开。见与不见，友谊就在那里，沧海桑田，只增不减。

我们上回吃饭，应该是一年半以前了。这次见面，她把她的家人都带了去。因为在她们眼里，我早已成为其中的一员了。

她的女儿已经亭亭玉立，长得快有我高了。孩子看我的眼神儿，有点儿羞涩又有点儿钦佩。羞涩是因为陌生，钦佩是缘于她没少在孩子面前说我的好。

她的婆婆也亲切地接见了我，老人家还记得往日时光里我的点点滴滴。我们再三举杯，她的大姑姐才领着婆婆和孩子回去休息。写到这里，我怎么突然有点儿想吃大姐做的包子呢？

人生这条路上，有的路段我们显然走得过于匆忙。我们忽视的风景，也许一辈子冉也看不到了。

想起我还有一位朋友，她不在这座城市，因为是异地，就更加疏于联系了。前不久她的一位亲人离世，我也没能及时赶到她身边。电话打过去，她显然在生气：我想我不需要这份友谊了。

128

我极力保持镇定：友谊是两个人的事，谁让你单方面撕毁合同的？你的话不算数，我的友谊我做主。她破涕为笑。

时间是最无奈的东西，你让它向左就向不了右。所有的"没时间"都是借口，就看你的名次排在哪里。世界上最珍贵的，莫过于那些肯花时间给你的人。

所谓朋友，就是你的繁华都散了场，她还留在原地，直到最后也没走。

最后一班3路车

在单位加了一会儿班。当写完最后一个字并画上句号时，我对面墙上的挂钟刚好显示八点半。

出了办公楼，天已经黑透了。风很温柔，夜色遮住了燥热和喧嚣。虽然不时有车辆从身边驶过，但是街上的行人已然十分稀少。这个时间要是在南方，夜生活也许刚刚开始；可是北方却灯火渐弱，忙碌的一天即将结束了。

很想把自己的脑袋清空，便顺着街道不疾不徐地往前走了一程。本打算过了吉林大桥再打车，却不想看到一辆3路车摇摇晃晃地开过来了。

车上有一些空座，在江城广场那站，连我一共上去三个人。"这是最后一趟吧？"有人边刷卡便问司机。"最后一趟，跑完就下班了！"司机的声音里满是坚持和期待。

我选了一个单排座安静地坐下。最后一班车里的乘客略显疲惫，有的闭上眼睛小憩，有的则一脸麻木地望向窗外，无论这一天过得顺与不顺，好像都没有了早起时的兴致。

但是最后一班车，也有其他班次所不能比拟的优势。人少不说，车也开得飞快，两侧的楼房、树木、行人迅速地向后退去。回家的路总是如此急切，每个人都很享受这样的速度。

在街边掠过的霓虹里，我想起了前几天一位姐姐跟我讲的一件事。

她早晨坐×路公交车上班，从临江门大桥南侧到北京路市委。因为是早高峰，路面上的车辆川流不息。有一辆出租车别了一下×路车，结果年轻的公交车司机便扯着嗓子骂了一道。

开出租的是一大哥，长得虎背熊腰，开始还强忍着，看公交小弟没完没了，便一脚油门追上去，将车横在公交车前，随着在站点等候的乘客上了车，撸胳膊挽袖子对"小弟"怒目相向。

正当车上乘客提心吊胆之际，只见公交小弟冲着出租大哥满脸堆笑："大哥，咋的了？""大哥"气势汹汹地说："你他妈的骂谁呢？"

"小弟"嬉皮笑脸地说："骂我媳妇呢！早晨出来的时候拌了几句嘴。"说着还指了指放在腿上的手机："免提。"

"大哥"挽回了面子，气也顿时消了一半，用眼睛斜了斜公交小弟，嘴里不干不净地下车了。一车人顷刻间都松了一口气。

"大哥"明白给个台阶就下的道理，"小弟"也懂得好汉不吃眼前亏。如果双方都不肯退让，那么后果将不堪设想。

谁都不会无缘无故地出现，人终究是要学会与生活讲和的。那个早晨，"大哥"教会了"小弟"与自己讲和，与周遭的环境讲和，与剑拔弩张的态势讲和。

就像最后一班车上的乘客，有人一起上车却不见得一起下车。有人要坐到终点，而我却已经到站了。感谢生命中所有的陪伴，无论他（她）们何时上车抑或是提前下车。

我下车后车上只剩一位乘客了，最后一班3路车载着她拐进了茫茫夜色中。

所谓香水

　　盛夏来临，用香水的人多了起来。在这座冬夏相差几十度的城市，夏天香水的销量明显要多于冬季。我不知道什么牌子的香水，可以穿透厚厚的棉衣而芬芳整个城市？

　　认真地回想，我是用过香水的。那是在俄罗斯学习的时候，我们一大帮女孩子起哄似的，也学着俄罗斯人的样子，往耳后、手腕等处狂喷香水。

　　但那纯属入乡随俗。就好像在夏日的海边，无论是岸上的还是水里的，人家都穿泳衣泳裤，而你非要遮胳膊盖腿的穿戴整齐，就显得不合时宜了。

　　回国之后我几乎没用过香水，但对香水是不排斥的。尤喜形状各异的瓶子和缤纷的颜色。香水于我，其观赏价值要远远大于使用价值。

　　至于香水的品牌，我最熟知的有两款。一款是香奈儿No.5。也是在俄罗斯期间，我们几个女生不知怎么的就谈起了香水，这时一个男生告诉我们，世界上最著名的香水是香奈儿No.5，因为它是玛丽莲·梦露的睡衣。

　　我们几个面面相觑，怎么也想不明白香水跟睡衣有什么关系。后来回到宿舍才恍然大悟，原来玛丽莲·梦露只穿香奈儿No.5睡觉。我们把那个男生痛骂了半宿，仿佛谁的声音越大谁就越纯洁似的。

那个年代没有互联网，他是从哪里晓得这个八卦的？我们无处安放的青春啊，都留在了那个香气袭人的国度。

另一款是Dior毒药。我认识一个女孩儿，她的QQ名是"毒药"。那时候没有微信只有QQ，她给自己起了一个很特别的名字。她告诉我"毒药"是Dior出品的一款香水。当时正赶上胡杨林的《香水有毒》大卖，所以我一下子便记住了这个女孩儿和这款香水。

Dior毒药是一种无法抗拒的魅惑，女孩儿也是一个有故事的人。她幽幽地对我说，思念就像一剂毒药，而解药却在对方手上。爱情把她变成了诗人。

时间可能会淡化一切，但是那些共有的日子，那些共同走过的足迹，会变幻成一种味道，久久地挥散不去。那是爱的味道，那是Dior毒药的味道。

男款香水我只听说过古龙。我家小区有一位"香水先生"，他每天晚上也在甬道上走圈，每次还有几米远，我便能闻到一股刺鼻的香水味。甚至有一天，我看到一只小狗和他走个碰头，都禁不住打了个喷嚏。

"香水先生"显然是这个夏天的奇葩，香水现在还不是中国男人的必备品。我想这与文明程度无关。很多男人不用香水，大概是因为它缺少男人味儿吧。

开在衣服上的花

我超级喜欢花，各种花。

鲜花、干花，城市街路上的花、农村院子里的花，画家笔下的花、开在衣服上的花。

关于花，我想将来我要写本《与花说》。把美丽与哀愁，藏在每一朵或绽放或枯萎的花里。

这么喜欢花，应该是缘于我在乡下度过的童年。乡村的一年四季都是不乏花的，花也无时无刻不渗透在村里人的生产生活中。

春天，我在满是蒲公英的田埂上疯跑；夏天，我躲在开着豆角花的豆角架下偷听牛郎和织女的对话；秋又来了，我在一片向日葵里穿梭；冬日的夜晚，我躺在炕上对着糊棚的花纸浮想联翩。

我一直固执地以为，小孩子是一定要和大自然亲密接触的。大自然是人生的第一本教科书，它所编织的七彩画图会让每个人终生受用。

那个年代满屋满墙的花纸煞是好看。或以粉色为底，上面开着一朵朵蓝色的牡丹花；或以蓝色为底，上面则是一朵朵粉色的牡丹花。与它们相得益彰的，是红色或深蓝色的大花被面。

若干年后，巩俐身穿"大花被面"亮相威尼斯电影节，中西合璧，姹紫嫣红。从此，我便对"开在衣服上的花"丧失了免疫力。

从细碎淡雅的小花到热烈奔放的玫瑰，各色花朵在我的衣服上渐次绽开。有的衣服明知道是没有场合穿的，但是看到那些可以"一秒美哭"的花，不买怎么能过得了自己这一关呢？

除了花衣，我还喜欢花布。有时候会特意去趟天津街，扯上一块布头，心里并未盘算它做何用，只想单纯地拥有。就像喜欢一个人，别再患得患失计较多少了。

很难想象这个世界如果没有花的点缀，该是怎样的落寞与冷清。

天气已经很热了，再热一点儿也没关系。穿一件开花的衣服，去"招摇一夏"吧。

只能陪你到这里

丹要回哈尔滨了，在入夏以来最热的一天。

她是我的同学加闺密。二十多年前青春年少的我们，一起在俄罗斯学习、工作、生活。回国以后，她在哈尔滨定居。每次回吉林探亲，我们都要聚一下。

这次也一样。她在吉林逗留三天，我们见了一回。原本是要再约的，她却已经踏上归途。心中纵有千般不舍，但她也只能陪我这么多了。

"君问归期未有期，巴山夜雨涨秋池。"再什么时候见面，我们谁也答不上来。我和丹的离别，或许是为了更好的重逢。

也是一个夏天，母亲病重了。她的头一天一天地耷拉下来，像一株被压弯了的向日葵；她的生命一点儿一点儿地耗尽，如同一盏在风中摇曳的油灯。

病魔不停地蚕食她的肌体，而我却束手无策。临别的时刻终于到了，当她咽下最后一口气时，我知道今生她只能陪我到这里了。

那一刻我懂得了什么叫"死别"，就是在这个世界上你再也找不到这个人。无论怎样地想念，都只有在梦里相见。

还是这样的一个夏天，我看宫崎骏的《千与千寻》。片中白龙送别千寻："我只能送你到这里了。剩下的路你要自己走，不要回头。"

走的人不回头，至少一想起来就会觉得送的人还在原地；送的人不让回头，也可能是怕走的人看到自己狼狈的样子。

不是所有的牵手都能到最后，"再见"就是"在也不见"或者"再也不见"。有些事不可以，有些人只能陪你到这里。走完一条街，回到两个世界。

珍惜最热的这几天吧，难道非得在寒冬腊月才会想起这个夏天吗？

离别，我们可不可以不忧伤

女友回来又走了。她出行的线路是：吉林—北京—温哥华—维多利亚，从东经125°40'到西经123°22'。据说维多利亚的纬度比哈尔滨还要偏北，所以我不清楚东南西北她究竟是往哪一个方向飞。

她的来去我从未接送，也没有接风和饯行之说。我和她之间，别说繁文缛节，就连必要的客套都省了。我们都是怕麻烦的人，彼此更像是彼此的家人。

这次她回来，过了几天我们才见面。我是在一个傍晚接到她的电话的。我说：想吃点儿啥？她答：刚吃完饭。我又说：那喝点儿茶？她又答：睡不着觉。得，不吃不喝能去哪里呢？我建议：那我在办公室等你？她响应：好。于是我都快到家了，旋即又往办公室赶。

天已大黑，热度却依然难耐。我开门开窗开灯，把她迎进来的同时也放进来许多蚊子。我们没有问候没有寒暄，直接切入别后彼此最为关心的话题。她不时地站起来打蚊子，而我似乎连这点儿时间也舍不得，任凭蚊子在我周围嗡嗡地叫，嘴里则不停地问东问西。那天她有没有喝水，我竟全然忘记了。

她没远行的时候，有一年要去海口度假，说好三周回来。整整三周啊，要五百多个小时呢。我表面还算淡定，其实内心早已不安，她一出发，我就开始算计归期了。

原以为海口是我和她最远的距离，谁知没多久便有了维多利亚之行。孩子尚小要出国学习，她放下一切前去照顾。我很害怕她告诉我的那个离别的日子，但是无论怎么害怕那个日子该来还是来了。

不是所有的人，都能够像她那样，在人到中年之际，毅然抛开优越的生活，转身迎接所有的未知。一个女人该有怎样的底气，才能对得失做出如此从容的判断？

和出游海口不同，那次远赴维多利亚，让我和她都无法预测归期。于是从她离开的那天起，我便在手机的备忘录里记下别后的每一天，我想我们再见面的时候，我可以提供一个更加优质的自己。

如果说吉林市和维多利亚尚属同一地球，那么两座城市八个小时的时差常常提醒我和她不在同一时空下。虽然微信可以让我一秒钟就找到她，但是我的第二天刚刚开始而她的头一天才要结束。白天不懂夜的黑，我和她近在咫尺却又遥不可及。

在我日渐习惯她不在身边的时候，她的双脚踏上了家乡的土地。看到她的外表更加素淡天然，我便知晓她的内心更加所向披靡。这样的经历和心智，令她无须再假借什么来装点和衬托自己了。

人这一生所谓的成功，不是要打败别人而是要战胜自己。庆幸的是跋涉了这么久，她的前路只剩下一个敌人便是她自己。难得的是离开了这么久，她依然占据着我的精神高地。

她回来的时候，我正在追剧《我的前半生》，还买来亦舒的原著对照着看。我向她极力推荐这部剧。虽然剧情的最后有点儿狗血，但是中国好闺密莫过于子君和唐晶。与其说我推荐了一个好故事，不如说我推崇的是一段弥足珍贵的友谊。而那段友谊，多少亦能映射出我和她的影子。

女友再度出发，这是她第三次离开。接近她启程的时刻，我一而再再而三地看表，当时针和分针重合的瞬间，我发了个微信：一路平安！她立刻回过来：冬天见！简单的对话难掩复杂的心绪，我想彼时彼刻我和她都是一样。

还有三个月就到冬天了，或许第一场雪还可以更早一点儿。离别总是令人惆怅的，但是这次我们暂且可以不忧伤。

因为，有离就有聚；因为，希望就在不远处；因为，我们各自成长了。

《建军大业》：唯一一部看了两遍的电影

"八一"前夕，《建军大业》如期上映。第一次看，是去参加我所在的党支部组织的观影活动；第二次看，是将其推荐给家人并陪同前往。

之所以《建军大业》能够吸引到我，是因为父亲就是在大学教授党史的。受他影响，我对片中人物并不陌生。若是纯粹从电影的角度去欣赏，该片也不失为一部高水准之作。虽然出场人物众多、演员阵容豪华，但是老戏骨有老戏骨的"情理之中"、新生代有新生代的"出人意料"。尤其是欧豪、周一围、刘昊然的表现，简直令我刮目相看。

欧豪：七月是欧豪的

欧豪在片中饰演南昌起义总指挥叶挺，他的意气风发给我留下了极为深刻的印象。无论是带兵时的雷厉风行，还是打仗时的无所畏惧，欧豪为我们诠释了一个"不一样"的叶挺。

就是这个"不一样"，引来网上一片争议声。先是叶挺之孙、知名导演叶大鹰炮轰欧豪"有点儿娘"，结果网友看片后发现欧豪非但不娘且十分硬朗；后有著名媒体人梁宏达怒批欧豪"有点儿痞"，结果百分之七十的网友认为欧豪的表演是大胆创新。

我原本是不晓得欧豪的。但在《建军大业》之后，欧豪竟持续霸屏。连忙百度一下，才知道他是2013《快乐男声》全国总决赛亚军；又发现他是苏有朋首执导筒的电影《左耳》中的男主角；再就是他的女友是因出演《七月与安生》中的七月而夺得"金马奖"最佳女主角的马思纯。

7月12日，欧豪搭档景甜主演的《青禾男高》上映；7月13日，由彭于晏、倪妮、欧豪领衔的《悟空传》登陆各大院线；等到7月27日，人们就看到了那个"不一样"的叶挺。

七月的某一天，比欧豪大四岁的马思纯发微博：七月是欧豪的。高调示爱，一语双关。

周一围：周围不见周一围

我很早就开始关注周一围了，从他主演电视剧《烈焰》开始。剧中的他亦正亦邪，倜傥不羁。尤其是那有些诡异的眼神，只要对视一眼就会令人悸动不安。

我的同事也看了这部剧，在讨论周一围的表演时，她不无遗憾地说：这样的演员为什么不红呢？我还记得我当时的回答：大概是因为太文艺太小众了吧？出名只是早晚的事。

此次出演《建军大业》，周一围演技爆棚。抽打士兵时他青筋暴起，下达命令时声音虽轻听起来却毛骨悚然，还有端着机枪扫射的凶悍，以及得知大势已去的无奈，周一围将一个在大时代面前、因信仰不同而走向灭亡的国民党军官演绎得丝丝入扣，难怪网友说"他的每一滴汗好像都会说话"。

周一围最早亮相于海岩的《深牢大狱》，但是很少有人知道这部剧。看到现在的周一围，不难想象他十几年前的模样。"明明可以靠颜值，却偏偏选择拼演技"，说的大概就是周一围吧。

网上评论周一围，说他是一位最不具备娱乐精神的演员。他低调而内敛，甚至有些"非主流"。环顾热闹的娱乐圈，周围确实不见或少见这样的周一围。

刘昊然：谁的青春比我更无敌

今年二十岁的刘昊然可谓是星途坦荡。从《北京爱情故事》出道，相继"触电"大银幕，主演《唐人街探案》《双生》《妖猫传》等，导演从陈思诚到金振成再到陈凯歌，一个比一个大牌。遇到香港导演刘伟强后，便在《建军大业》中扮演"战神"粟裕。

粟裕参加南昌起义，时年十九岁。片中的刘昊然英气逼人，与年轻的粟裕有几分神似。他的表现可圈可点，尤其是在南昌城楼飞身跃起、一刀劈下的镜头，在我脑海里久久地回放。

2015年刘昊然考上中央戏剧学院，并夺得专业课和文化课全国"双料第一"。问及他的理想，这个优质少年挺着一张干净的脸：想谈恋爱，就是现在！一个如此"恨嫁"的刘昊然。

突然就想到了若干年前，在大学阶梯教室的课桌上，有人刻下这样的诗句：我想早恋，但是晚了。而刘昊然的一切则刚刚好。

作为大一新生的刘昊然，在天安门广场深情演唱《我们是共产主义接班人》《共青团员之歌》。让人深感少年强则国强，一股青春气息势不可挡。

《建军大业》的热议已告一段落。当初那些只看剧照就颇有微词的人，结论下得为时过早。但是欧豪等一干人马想从偶像到大叔，恐怕还有相当长的一段路要走。虽然人生没有白走的路，每一步都算数。

《战狼II》：唯愿你被温柔以待

　　刚刚宣布"《建军大业》是我唯一看过两遍的电影"，就在没有任何准备的情况下邂逅了《战狼II》。

　　看过《战狼II》，才知道那句话说早了。至少要加上"迄今为止"才够准确，因为未来一不小心就会蕴含无限可能。

　　看《建军大业》的时候，顺便问了一下前台的工作人员：最近有什么好电影？她想都没想：《战狼II》啊，上映四小时票房就破亿了！

　　我同事去看《战狼II》，回来跟我说，全场座无虚席，他在没有靠背没有扶手的"加座"上，看完了这部长达两个小时的国产大片。我问：怎么样？他答：真的好！

　　我一向不喜动作片，所以在《战狼II》大火的时候并未跟风。直到这次走进影院，因为那个点只放映《战狼II》，便在朋友的劝说下，被动地加入了观影人群。

　　这一看不要紧，我承认自己完全被震到了。原来动作片竟可以这样拍摄？原来主旋律竟可以这样表现？原来人人都说好的电影，是一定要去看的！人生太匆匆，幸好没错过。

　　如果没有吴京，就没有《战狼II》。印象中的吴京是会些拳脚的，但是形象青涩而腼腆，尤其是他的声音，与功夫明星有点儿不搭。一个好的嗓音，应该是一个人的加分项。

但是在《战狼Ⅱ》中，吴京的人生仿佛开了挂，兼编剧、导演、主演于一身，每一个镜头似乎都是用命来换取的。他去非洲追凶，无意卷入了一场战乱。他"脱下军装，职责犹在"，只身犯险去解救被困同胞；他"一朝为战狼，终身为战狼"，打出了男儿本色打出了堂堂国威。哪有什么岁月静好，不过是有人替你负重前行。

吴京的背后是强大的祖国，五星红旗成为中国同胞穿越纷纷战火的"护身符"。影片的结尾出现一本中华人民共和国护照，它告诉全体中国公民：无论你在哪里，一旦遇到危险，中国军舰都会接你回家。《战狼Ⅱ》让人看到泪奔。"中国人"这三个字，令人如此骄傲和自豪！

吴京的心中既有国仇又有家恨。离开"战狼"中队，一个转身将眼泪弹出好远；他念念不忘龙小云，与黑人拼酒时让观众也跟着心碎一地。枪林弹雨中，铁汉亦柔情。

当吴京身染拉曼拉病毒，躺在山洞里奄奄一息时，耳畔响起了由他亲自献唱的《风去云不回》：

拿命干杯　云飞向天

子弹穿过狼烟

流浪一年　死生一线

走破所有思念

……　……

世界很远　一望无边

没有了你都是荒原

云瞧着天　悬在那边

像跟风说　再见

声音还是他的声音，听起来却没有丝毫的违和感。《战狼Ⅱ》让吴京进入了人生的成熟季，硬汉形象已经无人能敌。

除了吴京，"达康书记"吴刚、"东来局长"丁海峰和"霸道总裁"张翰也加盟了《战狼Ⅱ》。"达康书记"速成老兵，首次完美挑战动作戏；而"东来局长"则变身海军舰长，一声撕心裂肺的"开火"引爆观众无数泪点；就连张翰也让观众看到了更多的可能性，完成了从一个"熊孩子"到一名"男子汉"的转变。男人的成长，有时候差一天都不行。

《战狼Ⅱ》大获全胜，吴京鸣金收兵。就在前天，中宣部第十四届精神文明建设"五个一工程"入选作品公示，《战狼Ⅱ》位列优秀作品奖电影类第一名。昨日凌晨，《战狼Ⅱ》票房达到五十六亿。

今天下午，我再次走进影院，原价购票观看《战狼Ⅱ》。它平了我"一部电影看两遍"的纪录，也让我的观影习惯更加多元化。

拿什么来回报《战狼Ⅱ》呢？唯愿时光清浅，将你温柔以待。

又见信险峰

我在电视台工作时，有个同事叫信险峰。我是先看他主持的节目《书海》，后见到他本人的。

当时从央视《读书时间》的李潘，到河北卫视《读书》的周晓丽，"读书"的主持人一路走来，虽然五官不太够用，但个个神态自若："我红了，不是靠脸蛋儿，而是靠才学。"

再看信险峰，更是十分"原生态"。即使出镜，也一副平常模样，那神情仿佛在说："千万别给我化妆，一化就俗了。"

后来，我去信险峰所在的频道任副主任。在一次择岗调查中，信险峰没有像别人那样长篇大论，交上来的一页纸上只有三个字：主持人。我不知道他是对这个职业情有独钟，还是决意要挑战一下自己；是扬长避短，还是明知山有虎偏向虎山行。但有一点是肯定的，就是信险峰无意借这个岗位来彰显自己，因为他根本就不是张扬之人。

同时，我也因信险峰的勇气和执着而倍感欣慰。随着电视传媒的日益多元化，多出几个信险峰似的主持人也未尝不可。但是，信险峰们的出现不合时宜。如果让他们火过那些美女主持人，还需给这座城市的观众假以时日。观众必得多"读书"，才能丰富自身的审美取向。

在这次调整中，信险峰没能如愿。他去另一个栏目当制片了。虽说我们不在一个部门，但低头不见抬头见也是常有的事。每次碰面，信险峰总是以一副"离我远点儿"的架势拒人千里之外。人多时还好，最难的就是在电梯里独处，我要不点头，他是死活不肯先点头的。每次至此，我总是在想：好样的信险峰，不俗的人都让你给逼俗了。

过些日子，传闻信险峰要去长春考研，后又听说是去省台公共频道工作。因不熟络，所以送别的人里没我。想想和他共事一年，总共说的话不及十句，但不知怎的，比起另外一些离开频道的同事，信险峰给我的印象却十分深刻。

又过了几年，我去省台办事，在楼前空旷的广场上，信险峰迎面走来，依旧做出一副"愤青"状。就差几步远时，信险峰再次逼我先开了口。也许是异地重逢的缘故，他比从前热情了许多。我邀他共进晚餐，他也欣然应允。

饭桌上，信险峰不再是那个误入凡尘的浪子，一样喝酒，一样夹菜，甚至露出我从未见过的笑容。隔桌相望，我断定他曾经是个英俊少年，只不过后来有点儿长"劣"了。

对于未来，信险峰充满信心。触及感情问题，他尤为自信。于是我暗自私揣，那些按照世俗标准打造的男人总是让女人们患得患失，而信险峰等却能在情路上所向披靡，看来这的确是个欣赏个性的时代。然而，这也是一个尊重"市场"的时代。每个人都要为自己构建展示的舞台，下面要有鼓掌的观众才行；反之，如果无人喝彩，那么人生这出大戏就不好唱了。据我了解，信险峰当属颇具学识的那类人，要是他的才情能够让更多的人所接受，那就再好不过了。

夜已深，大家握手言别。在不经意的转身间，我看见信险峰双目圆睁，犹如黑暗中的两道寒光。我不禁打了一个寒战，酒也顿时醒了一半。

信险峰就是信险峰，没人和他一样。

星太"大导演"

星太姓李，全名李星太；我叫他"大导演"。

其实，熟悉星太的人都知道，他首先是作曲家，其次是指挥家。某种程度上，他的指挥家身份比他的作曲家更广为人知。至于"大导演"，只有我才这样称呼他。

屈指算来，认识星太少说也有十五六年了。那时我在电视台大型文化类栏目《松花江之夜》当编导，星太是江北机械厂文工团团长，因为都和文艺沾边儿，所以见面是迟早的事。

星太给我最初的印象，是出奇的瘦。五官精致，分布在一张不大的脸上却也恰到好处。尤其是头发，妥帖而警觉，每一根都像排好队一样，坚守着自己的岗位。星太，让我想起了20世纪30年代上海滩的文艺范儿。当年的星太，名气虽没现在大，但是由于在中国音乐学院进修过，整个人看起来踌躇满志。

再见星太，便是十年之后了。星太越发地瘦了。2007年，我担任《盛世欢歌——吉林市国庆文艺晚会》的导演，那是一场以合唱为主的晚会，不仅台上的合唱队需要指挥，台下的观众席也需要指挥。虽然都是指挥，但是位置不一样，观众的关注度也不一样。本来我想安排星太在晚会结束的时候，站在台上指挥全体市领导、台上近千名演员和台下两千名观众共同演唱《歌唱祖国》，那无疑是一个最受瞩目的位置。但是星太实在是太瘦了，我担心他淹没于人海当中。思来想去，我安排星太在观众席上指挥由秧歌队、腰鼓队组成的农民代表队演唱《在希望的田野上》。起初我很担心，星太能否接受我给他安排的晚会当中一个最不起眼的位置？当我委婉地和他沟通后，星太没有丝毫的勉强，多次往返于江南江北，给秧歌队、腰鼓队的大姐们排练。最后两次，我去审查节目，看到星太神清气爽地站在高凳上，风度翩翩地挥舞着手臂，俨然一副"中老年妇女偶像"的模样。演出开始了，星太并没有因为我把他安排在角落里而掩盖他的光芒。相反，他的指挥魅力在全场目光的注视下无处躲藏，并且通过电视荧屏为更多的人所知晓。正因为如此，星太在我心中的分量也越来越重。从那以后，我便称他为"大导演"。一为赞誉，二为敬重。

其后，我们的接触便多了起来。我逐渐了解到，作为特殊人才，星太已从江北机械厂调到吉林信息工程学校。因为成绩突出，学校还专门为他成立了音乐制作教研室。这期间，星太开始为我市的词作家谱曲。歌曲《我的长白我的松花江》荣获吉林省首届"少数民族新作品大赛"一等奖；《我的江城我的家》在"爱我江城"群众最喜爱的原创歌曲评选活动中荣获二等奖；《江城如画》被中国合唱协会推荐为优秀合唱作品。此外，由他作曲的《雾凇情》《为江城喝彩》等歌曲在全市举办的大型文艺活动中被多次演唱。舞蹈音乐《嬉戏端午》获文化部"群星杯"作曲金奖；《雾凇情》《鱼儿戏水》《荷花与沈青》获全国少数民族少儿艺术节作曲金奖。

与作曲家李星太相比，指挥家李星太似乎名气更大。2011年，恰逢中国共产党成立九十周年，在这样一个特殊的历史节点上，全市广泛开展群众性歌曲演唱活动。为此，星太被多个部门和单位邀请担任指挥。每场演出，只要星太一出场，观众席上便会响起掌声。人们小声地议论着：李星太，又是李星太！星太也从未让人们失望。他的指挥时而舒缓，有如一个轻盈的舞者；时而奔放，有如一个横刀跃马的将军。人们看他指挥，是一种享受；他以他独特的魅力，征服了所有观众。那一年，应该是属于李星太的。那一年，他一共指挥一百二十余场，观众超过数十万人（次）。

作为朝鲜族男人，星太讲着略带朝鲜族语调的普通话，却满脑袋是汉族人的思维。今年夏天，我和星太一起去松花湖参加一个活动，晚上回来的时候，他的同事要搭我们的车回市区，在车门即将关上的一刹那，我听见星太小声地叮嘱他的同事，告诉她们一进市区就自己打车，不要让司机送到家门口，以免给人家带来麻烦。还有一次，星太组织了一场演出，请我帮助安排领导座次，也许是因为紧张，还未及约定时间，他便打电话给我。他的本意是着急我为什么还没到，可是第一句话便成了慢声细语的"吃饭了吗"？我能体会他的心情，马上回答"还有几步我们就见面了"。这时，他嘿嘿笑了两声，才挂断电话。星太常和我讲，你太忙了，不敢给你打电话啊！他若有事，便往办公室打电话找我，很少打我的手机。其实，我也没忙到那种程度。但是，星太的话听起来却让人很是受用。

在我和星太接触的过程中，无论轻重缓急，他说话从不伤人，处理问题十分得体。他的周到圆融、举重若轻是我在他的艺术人生之外发现的又一个惊喜。

然而，星太带给我的惊喜还远非如此。由于工作上常有联系，我和星太是QQ好友。按照我的推断，以星太这样的年龄，可能不会上网，即使会上网也可能没有QQ，即使有QQ也可能不会打字。然而，这一切都不在星太话下。他不仅能熟练地在网上和我交流，还能指导我运用我所不会的网上技术。可见，星太是聪明的，是勤奋的，是与时俱进的。

随着时间的推移，我和星太已经成为好朋友了。我仍然叫他"星太大导演"。由于工作关系，我每年要参与组织若干场大型文艺活动。星太和我成为朋友后，非但没有"借光儿"，反倒常常出力。凡是经费不足或是没有经费的活动，我便向星太求援，让他制作音乐，免费给演员贴声。虽然是朋友，我也底气不足，往往电话打了一半，便草草收兵。但是，星太总是能准确地领会我的意图，并超额完成任务，而且从未跟我提过费用。说起这些，作为朋友的我真是无以回报。

元旦前夕，由星太担任指挥的合唱团举办了一场新年音乐会。演出开始前，我像对待分内工作一样在台下忙碌着。很多文化部门的领导来了，很多文艺界的朋友来了，还有很多星太帮助过的人以及星太的"粉丝"也来了。这么多人从四面八方赶来，足见星太在业界的好人缘。

在晚上的庆功宴上，星太喝了几口酒，不止一次地问我：怎么感谢你好呢？说这话的时候，我眼前浮现了一幕幕星太对我的支持，对全市文艺事业的奉献，要说感谢的话，也应该由我来说才对。可是，有些话说出来就俗了、远了、生分了。

最后，我还是一以贯之、答非所问地说了声：星太，大导演！并竖起了拇指。

能跑过昨天就能跑到今天

去参加婚礼，碰到很多过去的同事。尤其是担任司仪的姐姐，曾获全国电视播音员主持人"金话筒"奖。

几年不见，姐姐美丽如初。我由衷地赞许：姐姐可真年轻啊！身边的闺密接了一句：我们也可以做到。我转身看她，她面容刚毅。

闺密的话对我触动很大。晚上回到家，我忍不住发微信给她：怎么做才能成为不老女神呢？她马上回复：眼睛明亮，内心干净，体态轻盈。

没错，每个人的成长史都写在脸上。我想起多年前认识的一个朋友，我常嘲笑他看个动画片都能笑得浑身乱颤，现在回想他的眼神的确清澈而不浑浊，因为他的内心永远住着个小孩子。

我们时常会感觉到心累，是因为自己想要的太多。只有把内心打扫干净，才能让眼睛变得明亮。人老心先老，心老脸上就会有沧桑。

当遍尝生活的五味杂陈后，仍然要保有最初的纯真与善良。要用一杯水的单纯，去面对一辈子的复杂。走的路越长，就越要找回丢失已久的东西。

闺密告诉我：如果有人问她2017年的收获，那么她的回答就是"坚持锻炼"。无独有偶，明天是我"百天计划"的最后一天，如果说这一百天我有哪些计划坚持下来了，那么我想第一项就是每天晨跑五公里。

我们无法抵御地球的引力，体态轻盈就是和地球引力抗衡。地球越是向下牵引，我们越要向上挺拔。一个眼角耷拉、面部下垂的人，无论如何也是和"年轻"沾不上边儿的。

看我高中同学的朋友圈，她这样写道：古希腊的一块山崖上刻有三句话——如果你想健壮，跑步吧！如果你想健美，跑步吧！如果你想聪明，跑步吧！

而我想说——当你茫然或不知所措的时候，就去跑步吧！当你焦躁或惴惴不安的时候，就去跑步吧！当你烦恼或情绪波动的时候，就去跑步吧！时间总归是自己的，而跑步总会让我们有所收获。

参加单位组织的体检，医生说我的心跳有点儿慢。当他得知我每天晨跑五公里时，我看见他的眼神倏地变亮了。他说他有一个患者，今年九十岁了，每天坚持晨跑，已经坚持了六十年。老先生有句名言：我能跑过昨天，就能跑到今天。医生把这句话送给了我。

村上春树说："我一直以为人是慢慢变老的，其实不是，人是一瞬间变老的。"人的变老并非从第一道皱纹、第一根白发开始，而是从放弃自己开始。

即使全世界都背过脸去，自己也不能放弃自己。跑步不仅会让体态变得轻盈，更能让人变得积极向上。人生，就是一场奋力向前的奔跑。

能跑过昨天就能跑到今天。那么明天，也无疑会越来越美的。

和自己的B面在一起

　　我有个姐姐，她快过生日了。究竟是哪一天，她是绝对不会告诉我的。只是隐约觉得她"快过"了。而我的生日，她记得真而且真。

　　上班路上我还在盘算：就这两天，叫上三两好友，去喝顿羊汤。哪天去就把哪天当成她的生日。那可不是一般的羊汤，因为我刚在那里接待过长春的朋友，挺高大上的。

　　可是到了中午，前一刻我还带着问题，近乎虔诚地去请教她，后一刻我接了个电话，坏情绪从我的脚底，经过膝盖至丹田至心脏，最后它选择并利用了我的嘴。它通过我的嘴冒了出来，令我和姐姐都猝不及防。

　　我听到自己心脏炸裂的声音，它令我连呼吸都觉得痛。懊恼、沮丧、挫败接踵而至，它们将我包围、渗透、侵蚀。

　　我不接受自己的坏情绪。这么多年，我成功地管理了它。我用一块布将它包起来，放在身体里最隐秘的部位。这么多年，我似乎忘记了它的存在。

　　至少，我是和它悄悄在一起的。可是今天，它却公然地跳了出来，并且让我恼羞成怒。我觉得自己被它折磨得快拿不成个儿了。

　　女友每天通过微信发来问候，我们给彼此鼓励给彼此加油。那天我顾不上加油了，慌乱地告诉她，"坏情绪打败了我"。

她平静地说：坏情绪就像一个不速之客，会时不时地前来造访。开门让它进来，允许它在你的体内停留，安静地和它在一起，然后再把它送走。

我照她说的做了。我低下头认真地查找，原来哪不舒服它就在哪里。我伸手摸了摸它，接受它给我带来的所有不适，并且把它看成生命中的一部分。它果然不再上蹿下跳，又回到了原先我看不到的地方。

通常情况下，人们会尽量展示善良、乐观、坚强的一面。但是有阳光的地方就会有阴影，人性中有A面就会有B面。凶狠、悲伤、脆弱还有懊恼、沮丧、挫败等等，就是人性的B面。

A面和B面相生相伴。在不能接纳的情绪里成长，勇敢地和自己的B面在一起，人生将变得无敌。女友如是说。

接受所有的发生

在单位走廊，迎面遇见一个老相识，简单的寒暄过后，刚一转身我就在想：他怎么老成这样了？而他看我，也会产生同样的想法吧？

和两个女友吃饭，最后的话题落在微整形上。她们相约，将于近日对面部进行整改，并建议我去填充一下法令纹。我非常支持她们的计划，但是我很接受我现在的样子。温馨提示一下，是"接受"而不是"满意"。

我有一个同学，如果说二十年前我们从零开始，那他就是从负数起步。如今穷小子逆袭身家过亿，所到之处赞美声不绝于耳。他让我想起了张翰扮演的霸道总裁，只不过他一演就是一生。在我看来，他还没有机会扮演乞丐呢。所以谁都不用羡慕谁，平静地接受所有的安排。

年轻时候的爱情，至少是要求等量回报的。当皱纹爬满眼角眉梢，才发现爱情根本就是一个人的事。我爱你而你也刚好爱我，那么于我而言就是锦上添花；我爱你而你没感觉或者我爱你而你没那么爱我，那么我也全然理解。爱情就是一种奢侈品，有能力就消费没能力就看别人消费。

友谊也是如此。无论做什么，都是因为"我愿意"。当一方"不愿意"了，就目送一程并默默祝福。并非他（她）不愿意陪你到终点，而是你们彼此的缘分就这么多了。

在一个剧组，各有各的角色。有人会提前杀青，有人会随时"领盒饭"。人生亦如戏剧，每个人的人设都不一样。接受生命所有的赠予，无论悲喜都要演好自己。如果有一天即将谢幕，就当成是去接一部新戏好了。

"朋友圈"中时常就会冒出一些金句，比如"明天和意外不知道哪一个会先到来"？真的不知道，但是来啥就接着啥。

我还有一个女友，就是前两天跟我一起参加婚礼的那个。当我把自己不太光鲜的感受告诉她时，她说"你就跟它在一起，接受所有的发生"，并且强调"所—有—的—一—发—生"。

我跟朋友讲，有一天我退休了，我会选择再次上岗。倘若超市的收银台聘我，我也会毫不犹豫地前往。此举纯是为了体验，而并非解决生存。

生命的全过程，就是一种体验。角色没大小，人设无贵贱。演好自己拿到的角色，不让自己的人设崩塌，演好了每一天，就演好了这一生。

正视法令纹的加深，承认自己的平凡，接受所有的发生——这一切好像没有那么难。

种在时光里的向日葵

在我最初能够识别的花里，向日葵大概是其中的一种。但是那时它的实用价值要远远大于观赏价值。

今年夏天，听说桦甸苏密沟有一片向日葵花海，便一直跃跃欲试，也一直没能成行。我还从来没有看过大片大片的向日葵呢。

小时候的向日葵是孤单的。它们不用排队，自由闲散地挺立在田间地头、房前屋后。春日里随手洒下的几粒种子，用不了多少时日准能站成一株株蓬勃向上的身姿。

它们虽然高大，却没有高人一等的傲娇，有时还会把头探出院外，向过往行人微微颔首。

记忆中有向日葵的地方是温暖的。那褐色的花盘和金色的花瓣始终向着太阳，给人一种明晃晃的希望和力量。

向日葵点缀着八月的乡村的寂寞。檐下有朵朵葵花的照耀，整个庭院都会熠熠生辉。

再后来我就看到了凡·高的《向日葵》。那是一束插在花瓶里的向日葵。凡·高仿佛用尽了全身的力气，将人世间所有的黄都泼在画布上。只消看上一眼，便会令人目眩。

凡·高爱向日葵，向日葵却爱太阳。当向日葵把头转向凡·高时，凡·高却选择了离开。难怪向日葵的花语是"没有说出的爱"。唯愿世上所有的爱，都能被真心对待。

三十七岁的凡·高，用一把手枪结束了生命；一百二十年前种在法国南部小城阿尔勒的向日葵，却得到了永生。从此我再看向日葵，总会为它旺盛的生命力所感染。

并非所有的花朵都能孕育果实。向日葵的种子，是我们舌尖上的美味。这种小小的黑色坚果，不知陪伴我们度过了多少闲暇时光。

苏密葵海也该结果了吧？一直心心念念那片黄，那片夺目的成熟的旺盛的黄。那是生命的原发地，也是灵魂的最深处。

像向日葵一样抬头，像向日葵一样生活。冲破暗夜的阻挡，迎接第一缕曙光。如果恰逢阴天，就做自己的太阳。

跑着跑着就摔倒了

自从每天晨跑五公里以来，我几乎逢人便讲跑步给身体带来的变化。往往是我讲得眉飞色舞，听的人也随声附和。甚至有人说：你的腿都跑细了。我知道我的腿天生就细，我跑步的目的之一，就是想让它变得粗壮一些。所以每每这个时候，我也不做任何解释。

为了佐证跑步的好处，我还会搬出村上春树：不仅我跑，村上春树也跑。他还写了一本书，《当我谈跑步时我谈些什么》，有机会看一下。

就像有人喜欢游泳，有人推崇瑜伽，而我则希望人人都能跑起来，迎着朝阳一直向前。

由于昨晚睡眠充足，我觉得今天的步伐格外有力。我决定加快速度。在有能力的时候，别省着力气不用；在身体疲惫的时候，也别逞强好胜。凡事既要尽力而为，也要量力而行。

我调整呼吸和频率。远方的高楼一点儿一点儿地向后退去，近处的江面波澜不惊，秋日暖阳在我左右环绕，一切都那么刚刚好。

突然，我被绊了一下。因为是奔跑的态势，所以又顺势往前跟跄了几步，最终身体失去平衡，"砰"的一声摔倒在木栈道上。我倒下的一刹那，听见一个正在经过我身边的男人"哎呀"了一声，显然是吓到他了。

先是我的左膝触地，紧接着全身着地。更为糟糕的是，我的右脸抢了一下。"天上掉下个林妹妹，可惜脸先着地了。"说的大概就是此刻的我吧。

我下意识地站了起来。我感到有液体从脸上往下淌。我胡乱地摸了一把，原来是鼻涕。这一跤的威力可真大啊，竟然连鼻涕都被摔了出来。我以为我满脸是血，还好；我以为我的牙齿摔掉了，还在。

这一段木栈道正在维修。我站起来的同时，环顾了一下四周：走路的不走了，舞剑的不舞了，甚至刷油的、焊接的、拉锯的也都不干了。人们眼睁睁地看着我，世界在那一刻似乎停止了。

我低头看了一眼木栈道，真心感谢这座美丽的城市啊，倘若摔在水泥路面上，毁容甚至再也不能奔跑都是有可能的。

我试着往前迈了两步，左膝一阵剧痛，右下颏有些麻木。我倍感委屈，本想飞奔却连走路都费劲了。有时候看似一切都准备好了，可突如其来的状况总能将你打翻在地。我咧了咧嘴，鼻翼也随之扇动了两下，我想哭，但终是忍住了。

就像一个小孩子，摔倒了本无大碍，结果大人一抱反倒哭了。如果没人哄，那么又哭给谁看呢？哭，也是要有观众的。

我扑了扑衣服，满身满脸的尘土。那一刻，我想放弃晨练，但是看看表，只跑了四分之一。我定了定神，胳膊腿都还好使，便在众人的目送下，又开始向前奔跑了。我听见身后干活的男人说：这个女的真厉害，摔一下没咋地！

早晨照例收到朋友的问候。我回复：刚跑完五公里。没跑几步就摔倒了，站起来又坚持跑完全程。人生也是一样，摔倒了，站起来扑拉扑拉，接着跑，没什么。

穿过二合散发的芬芳

二合是一个隐匿在山坳里的小村庄。若不是顶着"吉林雪乡、舒兰二合"的光环，有些人一辈子也不会去二合的。但是自打有了这样的口碑，有些人一辈子不去二合也是不完整的。

"一样的雪乡，不一样的二合"。我想去二合，始自去年冬天，但是直到冰雪消融，也未能与她谋面。可就在前几天，我却"于千万年之中，时间的无垠的荒野里，没有早一步，也没有晚一步"，仓促地和二合相遇了。

那是一个秋日的午后，阳光正好且微风不躁。一进入二合，村门正在兴建。五个小"合"支起一个大"合"，四梁八柱撑起了小小村落的宏大格局。

二合只有一百二十六户人家。走在"中央大街"上，她安静得出奇。有时候喜欢一个地方，不是因为她美而是因为她静。静得可以胡思乱想，静得可以一片空白。我不得不放轻脚步，生怕惊醒了谁的一帘幽梦。

三个女人一台戏，二合从沉寂变得热闹的"电视剧"每天都在上演。远处的道路、民宿、上下水改建正在施工，身边的三个女人则是二合开发旅游的缩影。

颜雪是二合雪乡项目建设指挥部的副总指挥。她原来在舒兰市文联任职时就和艺术家打成一片，现在来到二合又很快和村民们抱成一团。她说村民找她吃饭她就吃、让她喝酒她就喝，"人心换人心，四两换半斤。到时候咱再回请，或者人家民宿开业了，咱给包个红包啥的。一口回绝村民不乐意，干部也不能惹群众生气啊！"

因为天天在外面跑，颜雪形容自己和地皮一个色儿。她五冬六夏都喜欢戴一顶帽子，我在不同场合看过她戴各式帽子。那天我心血来潮想试试她的帽子，结果戴在头上就跟抢来的一样。可颜雪自带和谐体质，总能和周围的环境融为一体。什么都不显突兀，即使是一顶帽子。

颜雪敦敦实实的，就像一粒饱满的种子，随便扔到哪儿都能生根、发芽并茁壮成长。她粗脖大嗓，笑声也十分爽朗，但在二合遇到的难事，想想就有一火车皮那么多。"预料的事没有发生，意外却经常光顾。"

她偶尔摘下帽子，头发和着灰尘和汗水贴在脑门上：我的苟且就是你们的诗和远方。愿吃过的苦都结成果实，受过的累都变成回馈！

二合有支娘子军，吴庆荣是娘子军中的"男子汉"。我见到她的时候，她正一脚门里一脚门外地忙乎着。她的家是民房改建的带头户，去年就接待过不少游客。

冷眼看上去，吴庆荣和普通村妇没什么两样，但是一开口，就让人觉得不一般了。她能说能写，能文能武。颜雪说每天晚上吴庆荣都会给她发微信，将自己改建过程中的点滴感受和她交流：政府打造二合，我就打造我家。二合焕然一新，我家也焕然一新。

吴庆荣是幸运的，她搭上了二合"旅游致富"的快车。随着游客的增多，她的视野势必随之扩大。她和二合的村民一样，在致富的同时也会潜移默化地提高素质。说到二合的未来，吴庆荣信心满满："今年冬天准备用坛子装钱呢。""坛子"有点儿说小了，最好是用"大缸"。

和吴庆荣不同，孙琳琳是嫁到二合的媳妇，她说自己嫁对了地方嫁对了人。她曾经在哈尔滨开过饭店、在上营办过驾校。二合开发旅游后，孙琳琳回来投资入股了多个项目。以前有人问她是哪里人？她或说舒兰或说上营。但是现在她则自豪地回答：二合。因为二合有了响亮的名头，更因为二合让她守家在地就能过上想要的生活。

为了打造二合雪乡，她舍己之利而顾全大局。她的家现在是项目建设指挥部所在地。她相信"只有二合好了，大家才会跟着好"。她的五栋"年代房"马上开工，连名字都想好了，就叫"新孙二娘客栈"。不知怎的，张曼玉的《新龙门客栈》在我脑海里倏地一过。

孙琳琳身材高挑，性格泼辣。有人称她为"二合黑牡丹"，她却说自己"粗枝大叶"。她会做饭、会开车，是做饭的人中最会开车的，也是开车的人中最会做饭的。这次我去二合，就是孙琳琳驾车把我载向了那片花海。

二合花海是我此行的最后一站，百日草、万寿菊、紫茉莉、硫华菊、波斯菊、孔雀草、天人菊、黑心菊渐次开放。大概是直接种在地里的缘故，这些花开得又大又艳，就像二合的女人一样，具有一种质朴的热烈的野性的美。

徜徉于二合花海，空气中飘浮着馥郁的芬芳。置身于二合花海，侃侃的歌声在耳畔回荡：

我会穿过田野穿过村庄
穿过开满鲜花的山岗

我会陪着你在人海茫茫

我会拥抱着你穿过地久天长

二合的花还开着，山上的树叶已经红了。趁着秋天还在，去趟二合吧。如果冬天来了，那就更要去二合了。

买了两本书

十一长假，买了两本书。一本是董卿主编的《朗读者3》，另一本是黄佟佟撰写的《最好的女子》。

《朗读者》自2017年2月在央视开播以来，同名图书已经出到了第三辑。由于《3》摆在《1》和《2》的上面，我便随手翻了翻，结果就翻到了有老狼的那页。

看到已经很老了的老狼，我想起那些与青春有关的日子。老狼的歌，就是我们青春的代名词。直到现在，我晨练时依然会听《睡在我上铺的兄弟》，喜欢它娓娓道来的歌词，还有淡淡忧伤的旋律。

有点儿奇怪吧，怎么不是《同桌的你》？我认真比较过，发现《同桌的你》是留给男生的痛，而《睡在我上铺的兄弟》则会勾起女生的回忆。老狼用两首歌，让人记住了一个白衣飘飘的年代。

悠悠岁月，恋恋风尘。因为老狼，我越过《1》和《2》，直接买走《朗读者3》。

回到家里，我从老狼读起。那是第二百四十一页。果不其然，那部分的主题就是"青春"。

董卿在开篇中说：青春是用来奋斗的，不是用来挥霍的。只有这样，当有一天回首来时路，和那个站在最绚烂的骄阳下、曾经青春的自己告别的时候，我们才可能说：谢谢你，再见！

而我想说，人生的每个阶段莫不如此。只有认真过好每一天，我们在未来的路上才可能遇到最好的自己。就像那些"最好的女子"。

《最好的女子》已经再版三次，我买的版本是第三版。它的作者是黄佟佟，我有她的微信公众号"蓝小姐和黄小姐"。这个微信公众号，是两年前朋友向我推送的。

我经常在"蓝小姐和黄小姐"里看黄佟佟的文章，但是在书店看到她的书有卖还是第一次。封面是我喜欢的那种，纸张有点儿棉麻的感觉，一朵盛开的花占据了三分之一还多，像极了一个个"最好的女子"。

"检阅四十九种人生质地，获得柔软有力、优雅前行的秘密。"选择《最好的女子》，我想是因为黄佟佟，也是因为这句宣传语。

书中采写了来自港台地区的四十九位名女人，其中大部分是演员，也有导演、作家、歌星等。她们和我共处一个时代，用其作品抑或其本身，或多或少地参与了我的生活或者陪伴了我的成长，即便她们并不知道也不曾在场。

张曼玉、林青霞、张艾嘉、陈慧娴……她们大多生得极美。从哪一个开始看呢？就选择一个不美的吧——《老女孩儿许鞍华》。

"在人群里，有些人总是会显得很怪。比如这位。六十二岁了，还依然剪冬菇头……在一个非常少女化的外形下有一张不再年轻的脸庞，每次都会不期然地产生一种荒谬感，但事主却不慌不忙，她不需和女明星一样涂粉描眉，眉目间更透着一股坦然。"

这就是导演许鞍华。我前年在第二十四届中国金鸡百花电影节上见过她，跟黄佟佟描写的一模一样。由老扮小是需要资本的，许鞍华的资本就是导演了名片无数。虽然我只看过《姨妈的后现代生活》和《黄金时代》。

　　按理说以我的年龄，要买书也得买些"简史"之类的才对。但是我想只要读，那么读啥都不白读：翻翻《朗读者3》，看那些经过时间检验的经典，和自己的内心相处；看看《最好的女子》，看她们的人生，走自己的路。

向善的力量

　　拿到《家道如天》的剧本，我大概用了一个多月的时间才读完。三十二集，我一天读一集，这中间还有几天因为工作给耽误了。翻开《家道如天》时是仲夏，而合上它时已漫山红叶。

　　之所以这样精读它，是因为我和编剧张越、周密夫妇的关系非比寻常。尤其是张越，他的叔叔大爷、大姑小姑我都非常熟悉，他的堂兄堂姐、表弟表妹我也能叫出名字。之所以和张家这样熟络，是因为张越有一位著名的父亲，他就是吉林市电视台原文艺部主任、电视剧制作中心主任、大型活动导演、制片人张冠吉。说起张越，说到《家道如天》，首先还得说说他的父亲张冠吉。

一

　　最近一次和冠吉主任共同执导大型文艺晚会，是在市政府前广场举行的《放歌松花江》。彩排结束后，我请冠吉主任给演员做最后点评。眼前的冠吉主任虽已年及古稀，嗓音有些沙哑，但是他的气场依然强大，精神依然矍铄，除了头上的几缕银丝，余下的都一如我初见他时的模样。

1996年，我考入吉林市电视台，不久便到冠吉担任主任的文艺部工作。他先于我几年来到吉林市电视台，创办的大型文化类栏目《松花江之夜》其时正如日中天。《松花江之夜》访问了一大批文化名人和文艺新秀。那时，作为吉林市的文化人，如果说有谁还没上过《松花江之夜》，那他还真不太好意思和人家讲。《松花江之夜》七周岁生日、八周年庆典，吉林市所有的文化名人悉数到场。他们冲着冠吉主任来，冲着《松花江之夜》这块响当当的牌子来。冠吉主任以他的人格魅力吸引了一大批文化人，吉林市电视台文艺部以它的拳头产品凝聚了一大批文化人。在吉林省电视文艺最高奖——"丹顶鹤"奖评选中，《松花江之夜》夺得十连冠，并荣获全国电视文艺"星光奖"。从它创办的那天起，便领跑全省电视文艺栏目，直到十年后停办。

1995年，冠吉主任担任电视剧《情债》的制片人。《情债》结束了吉林市不能生产长篇电视剧的历史。虽然那时我还没有进台，但是我赶上了《情债》杀青，并且参与了该剧的文字宣传工作。1998年，台里投拍电视剧《大学女孩》，冠吉主任把我调到电视剧组作场记，使我得以接触电视剧拍摄、制作的全过程。《大学女孩》囊括了该年度所有国家级大奖，实现了我市摘取中宣部"五个一工程"奖、中国电视"金鹰奖"、全国电视剧"飞天奖"等国家级奖项零的突破。冠吉主任荣立市委、市政府文艺精品创作一等功，我在场记的岗位上荣立二等功。之后，吉林市电视台便一发而不可收。随着一部部电视剧在央视主频道的热播，吉林市的城市形象在世人惊羡的目光下，做了一次又一次的精彩亮相！应该说，冠吉主任是吉林省"电视剧现象"的带头人；吉林市电视台是吉林省"电视剧现象"最重要的生力军。

2001年7月8日，央视名牌栏目《同一首歌》走进吉林市。比起之前冠吉主任组织创作的《春满江城》《共创辉煌》《吉林我故乡》《踏歌起舞》等大型文艺晚会，《同一首歌》走进吉林市是冠吉主任的代表作。明星云集，四万观众，场面空前，但是其中的酸甜苦辣也是空前的。第二年，《同一首歌》再次走进吉林市。这是这个名牌栏目唯一两次走进同一座城市，因为这里有最热情的观众、最真挚的朋友和最敬业的团队。

这之后，冠吉主任华丽转身，离开了他工作十年的吉林市电视台文艺部。从退居二线到正式退休，冠吉主任依然活跃在全市的文化、文艺战线上。参与策划电视剧、执导大型文艺晚会、组织文化沙龙，每天忙得不亦乐乎。《倾国倾城》城市日主题晚会、吉林市第四届"松花湖文艺奖"颁奖典礼将他推上了艺术的巅峰。闲暇之余，他还研习书法，风格自成一体。值得称道的是，虽然冠吉主任退下来了，但是他依然追求完美，参与创作的每一个活动都力争不留遗憾。他的精品意识、严谨态度、敬业精神始终没变。

冠吉给我当主任只有五年多的时间，但是他给我的影响却是一辈子的。

二

知道张越，是因为那一年张越要参加高考。

张越的理想是中央戏剧学院，而且要学戏剧文学专业。于是，冠吉主任找到我，要我给张越辅导写作。无独有偶，我高中毕业那年，也报考了中央戏剧学院戏剧文学专业，令人遗憾的是，在专业课阶段便被淘汰。命运往往会出现令人意想不到的交会，十年后的我竟以一个落榜生的身份来辅导张越。我不知道该哭还是该笑，只是隐隐地替张越担心。

敲开冠吉主任的家门，我就这样和高考生张越相遇了。在初见张越的刹那，我为他的文静和稳重感到吃惊。为了不误人子弟，我制订了详细的课时计划，并自创一套写作口诀，就是不管老师出什么题目，都能套用这套口诀，十之不离八九，万变不离其宗。张越很听话，很快便掌握了要领。于是，我们开始大量地进行写作练习，每天一篇作文，第二天我过去点评。半个月后，张越便进京赶考。后来听冠吉主任说，在吉林开往北京的列车上，张越还在读我的第一本书《纳霍德卡的中国女孩》。大概是书中弥漫的异国情调，很符合少年张越的审美情趣吧。

当年中戏戏文专业的考试，除了一篇叙事散文外，还有一篇电影评论。考试前，冠吉主任陪张越连夜看完《泰坦尼克号》，回到宾馆已是午夜两点。为了训练张越的临场应试能力，冠吉主任要求他趁热打铁写一篇影评。刚开始，冠吉主任还打起精神陪在张越身边，但是随着夜色越来越深周围越来越静，连日来的紧张、焦虑和劳累一起涌了上来，竟不知不觉地沉沉睡去。凌晨四点，冠吉主任猛然醒来，发现屋内空无一人。他急忙推开房门，走廊也空空荡荡。刹那间，冠吉主任心头一紧，难不成儿子无法承受考前压力而出走了？正当冠吉主任回头去拿手机时，发现卫生间里透出一丝光亮。原来，张越正在那里写影评。冠吉主任问张越，为什么不在屋里写？张越嗫嚅地告诉父亲，是为了不影响他休息。瞬间，冠吉主任感到一阵心酸，拍着儿子的肩膀说："睡觉去，别写了！"此情此景，可以看出冠吉主任像天下所有父亲一样，对儿子既心疼又寄予厚望。

那年暑假，中戏邮来录取通知书，张越榜上有名。这也意味着张越由我的学生变成了我的老师。因为，我始终徘徊在中戏的大门之外。每次去北京，只要有时间，我都会到东棉花胡同三十九号，去看看中戏。

张越大学毕业后，在北京长河绿洲影视公司工作了四年。因冠吉主任喜欢儿孙绕膝，崇尚家道如天，便把张越调回身边。这样，张越便进入吉林市电视台，因为学的是戏剧文学，自然而然地分到了文艺部。那时，我已是文艺部主任。

从给张越辅导作文到给他当主任，差不多又过去了十年。学成归来的张越更加稳健了。他学识渊博，尤其喜欢传统文化，特别是骨子里流露出的那股踏实劲儿是年轻人身上少有的。但是，因为有一个名人父亲，张越身上的压力可想而知。好在张越性格平和，对一切纷扰皆能泰然处之。只有一件事，张越是较了真儿的，那就是认识周密。当时，作为冠吉主任的公子，张越一回吉林，便有人给他张罗对象，但是似乎都不合他的心意。后来张越就不看了。过了好久，大家才恍然大悟，原来他的心里有了周密。

周密刚刚入学毕业，因为从小喜欢文学并酷爱音乐，所以气质十分出众。我曾多次邀请周密在全市举办的大型活动中演奏小提琴，尤其是参加"祝福祖国——吉林市庆祝中华人民共和国成立60周年文艺晚会"，让不少观众记住了她的娴熟技艺和优雅举止。在和周密合作的过程中，我发现她的成熟远远超过同龄女孩儿。周密曾对张越讲，她会做一个贤良的儿媳、贤惠的妻子、贤勤的母亲。古人云，人有三宝精气神，家有三宝贤孝勤。对于这样的女孩儿，张越感到十分安心。初恋的当口，正赶上冠吉主任做手术，当时恋情还没公开，周密便在医院的楼下焦急地等候了三个小时。事后，冠吉主任得知此事大为感动，一手策划的"密越有约"新婚大典，仿佛就在昨天。

2013年春天，张越借调到吉林市文明办未成年人思想道德建设处，巧的是和我办公室门对门，当时我已在市委宣传部文艺处工作。生命真的很神奇，有些缘分看来无法绕过去。

三

张羽周的出生，让张越、周密初为人父人母。这个孩子给冠吉主任一家带来了无比的欢乐。

"忠厚传家久，诗书继世长。"俗话说，富不过三代；官宦之家，盛不过三代。而耕读传家、孝悌传家则可以世代兴盛。在张家，大人们书不离手，出口成章。即使是一家人围坐在饭桌前，讨论的也都和传统文化或文化热点有关。平常时日，奶奶给孙子讲故事，周密拉小提琴陶冶孩子、教孩子认字涂鸦，张越则在每晚临睡前给孩子诵读一段古典名著。虽然张羽周多数时间都在自顾自地玩耍，但是过了十天半个月，便能将听过的故事、名著片段倒背如流。由此我想起一位朋友对我说的话，其实我们教不了孩子什么，唯一能给他的便是潜移默化的影响。我又想起在微信上看到的一句话：子不如我，给他金山何用？对于张羽周来说，一出生便被浓浓的爱和浓厚的文化气息所包围。

时间如白驹过隙，转眼张羽周便三周岁了。孩子一天天地长大，父母该怎样表达对孩子的爱呢？在冠吉主任的建议下，张越、周密决定送给孩子一份特殊的生日礼物。这份礼物就是三十二集电视连续剧剧本《家道如天》。爷爷是著名的电视剧制片人，爸爸是全国戏剧的最高学府——中央戏剧学院戏剧文学系的高才生，妈妈是吉林师范大学音乐学院小提琴专业的佼佼者，送给张羽周这样一份生日礼物真是再合适不过了。

四

综观《家道如天》，我有这样几点感受：

一是《家道如天》恰逢其时。习近平总书记指出，中华民族最深层的文化脉动中，崇德向善始终是一种最强大的力量。尤其在社会转型期，崇德向善是改善社会软环境、抵御污浊与逆流的定海神针。《家道如天》的四个主人公分别来自诗书家庭、官员家庭、富豪家庭和平民家庭。剧本从四个年轻人不同的人生轨迹铺陈开来，全方位地展示了当今社会理想与现实、精神与物质、情感与金钱、正直与虚伪的矛盾冲突。该剧立意深远，描绘了一幅"家和万事兴"的人间图景。

二是《家道如天》重树家风家道。多年来，冠吉主任全家一直研习中华民族优秀传统文化，从剧名便可看出该剧更多的是关注家庭伦理道德。当今社会，年轻人十分注重个人奋斗与独立价值，有些年轻人在渴求成功的路上偏离抑或是背弃了传统文化中的人伦观念。该剧重树家风家道，对年轻人的成长具有可资借鉴的现实意义与珍贵价值。

三是《家道如天》传递社会正能量。该剧反映了当今人们所关注的热点、焦点问题，如考研热、情感选择、都市房价、诚实守信等，通过主人公曾默然在面对人生困惑甚至是沉重打击时，始终上下求索坚定执着，从而展现出刚刚走出校园、踏及社会的年轻人不惧失败、勇往直前的精神风貌。《家道如天》弘扬正气，告诫年轻人"人间正道是沧桑"。

当然，作为张越、周密两位如此年轻的作者，《家道如天》也有一些不尽人意之处。比如戏剧冲突还不够激烈，人物语言还不够个性化，有些设计还显得差强人意等等。但是瑕不掩瑜。如此一部大部头的作品出现，不仅是送给张羽周的一份好礼，也是送给当下年轻人的一份厚礼。

在《家道如天》付梓之际，央视开展了"家风是什么"的调查。立家规，明家礼，树家风，担家责。清正的家风向社会注入了道德的力量，也激发了人们内心深处一种向善的力量。

慢递时光给未来

　　杨拓是我的小朋友，这个十一她去了青岛。我看她发朋友圈，有一次是在"胶澳慢递"，她写了一封信，寄给五年后的自己。

　　"胶澳慢递"是一家慢递公司，人们可以在这里寄存现在，然后再慢慢投递给未来。时间可以是一年、两年、三年……最多长达五十年。

　　我不知道"胶澳慢递"成立于哪一年，但是早在九年前，我就给十年后的自己写了一封信，那时候不知道有慢递公司，便交由女友保管。

　　我依稀记得信的内容，无非是要实现哪些愿望等等。明年就是"十年之约"了，这封信可以帮我找回十年前的自己。

　　十年，物是人非事事休。十年太久，连陈奕迅都在唱"情人最后难免沦为朋友"。那么让现在的时光，做一次多久的旅行才适合呢？

　　我打算每周给自己写封信，每周的周一写给未来的一周。许下几个小心愿，规划几个小目标，完成几个小任务，克服几个小缺点，等等。实现的打钩，没实现的画叉。下个周一继续拆信、写信。没有这一周的努力，就没有下一周的惊喜。

　　当收到第五十二封信的时候，一定会看到自己和一年前的差异。收到第一百封信、第一千封信的时候，我想遇到的一定是更有力量的自己。

今天我们在乎的人，未来也许形同陌路；今天我们过不去的坎儿，未来也许云淡风轻。但是依然要写下去，写给现在期盼的未来，也写给未来回忆的现在。

前段时间有朋友过四十五岁生日，我希望她能再活一段从出生到现在的时光，陪我慢一点儿变老，即便多过一天也是好的。

我从她生日那天开始计数，也会写一封长信，通过时光慢递给未来，期限是有多长就多长。

我在杨拓的朋友圈里留言：我也要给自己邮一封慢递。杨拓回复：完了姐姐，我已经离开"胶澳慢递"了。我说不需要在那里邮寄，我会通过"时光慢递"：慢递每一段时光，给更加期待的未来。

左耳听见你说你爱我

《左耳》上映了两年半，直到这个十一我才有看。七大主演一字排开的海报原来就看过，无论是淡蓝色的画面还是片名无不给人耳目一新之感。

"好姑娘"李珥成绩优秀，助人为乐，吃苦耐劳，尊敬长辈。遗憾的是，她的左耳听力不好，如果有人站在她的左边跟她说话，她就有可能一点儿都听不见。

李珥和"天一高中"史上最帅的男生张漾本无交集，但是在十七岁那年，她喜欢上了高大、干净、阳光的许弋同学，而许弋为在酒吧唱歌的"坏女孩儿"黎吧啦所勾引，黎吧啦又对张漾动了真感情。这样一来，李珥的人生就无论如何也绕不过张漾了。

《左耳》改编自饶雪漫的同名小说，她是"青春疼痛文学"的鼻祖。十二年前出版《左耳》的时候，我已经远离了青春的痛，但是《左耳》中的几位主角，李珥、黎吧啦、张漾、许弋等，却在她的笔下疼得溃不成军。

黎吧啦在一次车祸中丧生，她对着李珥的左耳说了最后一句话。只是李珥什么也没听见。若干年后，在黎吧啦的墓前，张漾问起那句话，李珥把它转述成了"她相信你，她永远爱你"。从此张漾不再负重前行。

不是所有人的青春，都如《左耳》中的他们一样惨烈。也有人对我说：该穿的裙子还没有穿呢，可青春一下子就过去了。波涛汹涌也好，平平淡淡也好，但是有爱就有痛。只有痛过之后，才知道谁最珍贵。

几经兜兜转转，李珥和张漾在"天一高中"重逢。张漾追上李珥，在她的左耳边说了一句话，并问她知道他说了什么吗？李珥露出了甜美的笑容。

"医学专家说，左耳靠近心脏，甜言蜜语要说给左耳听。"影片开始的时候，李珥这样说。而此刻她的左耳，一定是听到了爱情，听到张漾说"我爱你"。全剧终。

《左耳》是苏有朋首执导筒的作品。虽然我没看过原著，但是觉得他选角的功力实在厉害。陈都灵的李珥、欧豪的张漾、马思纯的黎吧啦、杨洋的许弋，以及关晓彤的蒋皎、胡夏的尤他、段博文的黑人，他们合奏了一曲青春的交响。这里面有好几位都是第一次触电，但是气质对了一切就都对了，无须用力过猛，本色出演就OK。

片中黎吧啦有句名言，"爱对了是爱情，爱错了是青春"。依我看何止于"青春"呢？"爱对了是爱情，爱错了是人生"。左耳听见的是爱情，如果听不见……也没关系。

不完美才美

朋友送我一个漆盘，属于北京雕漆的那种。中国红、很喜庆，画面是颐和园的玉带桥。

一路小心翼翼地拿回家，都到电梯门口了，彼时接个电话，在换手之际，漆盘瞬间触地，再度拾起时，已经缺了一角。

残缺的漆盘不再圆满。因为实在是喜欢，便置它的残缺于不顾，仍然摆在了房间的主要位置。

每每抬头看这个漆盘，那个缺口仿佛在告诫我，凡事都不要掉以轻心，往往以为最保险的时候，隐患可能伺机跳将出来。

这个漆盘虽不完美，却起到了完美漆盘所无法替代的作用。有时候看似不完美，换一个角度想则近乎完美。

参加例行体检，第一次发现箭头有上有下。指标的高低，显然令报告单不很完美。但是这些箭头却是对我的一次忠告，它时刻提醒我对健康的重视和对生命的珍爱。

二十年前，我搬进有围墙的小区。小区整洁舒适，但是过于冷清。走在谁家的窗下，很少听到爆锅的"滋啦"声。人们的居住环境日趋完美，却明显少了一股烟火气。

余秋雨在《废墟》中说：没有皱纹的祖母是可怕的，没有白发的老者是让人遗憾的。太完美的人或事物，总会给人一种虚幻之感。

就像断臂的维纳斯，还有被咬了一口的苹果标识，虽然残缺却可以给人们以无际的想象。也许，不完美才美。

世上没有真正的完美，所谓的"完美"在于追求完美的过程。只有不断地努力与付出，才会使不完美的生命愈加深厚和丰盈。

再看那个漆盘，它好似在说：谢谢你看到我所有的缺点，却还愿意留我在身边。我呢，不也一样吗？

一直都懂你

大半夜的，朋友发来微信：听晚婚想你了。我没太看懂，以为她打错字了。紧接着她发来一个链接，里面有李宗盛词曲并演唱的《晚婚》：

我从来不想独身
却有预感晚婚
我在等　世上唯一契合灵魂
让我搽去脸上脂粉
让他听完全部传闻

原来她是听《晚婚》想起我来了。她听《晚婚》，也听懂了李宗盛。

我和她相处超过二十年，我们一起听李宗盛大概也有这么长时间。

从最初的《我是一只小小鸟》，"想要飞却怎么样也飞不高，也许有一天我栖上了枝头，却成为猎人的目标，我飞上了青天才发现自己，从此无依无靠。"

谁的青春不迷茫？李宗盛成为我们青春的摆渡人。"世界是如此的小，我们注定无处可逃，当我尝尽人情冷暖，当你决定为了你的理想燃烧，生活的压力与生命的尊严，哪一个重要？"

人总要学着自己长大。"让往事都随风去吧，所有真心的痴心的话，都在我心中，虽然已没有他。"这是《爱的代价》。

啊，多么痛的《领悟》！"让我把自己看清楚，虽然那共爱的痛苦，将日日夜夜，在我灵魂最深处。"

终于翻越每一个《山丘》，才发现那里无人等候。

虽然很少赢过别人，但是这一次却超越自己，因为我们都是《和自己赛跑的人》。"为了更好的明天拼命努力，前方没有终点奋斗永不停息。"

二十多年来，我们就这样和李宗盛一直相互懂得。时间也一直走，没有尽头只有路口。

1958年出生的李宗盛，2017年刚好虚岁六十。按照民间的说法，该张罗着办花甲宴了。可是有一种男人，年轻时无感却越老越有味道。李宗盛便是这样。

经历了两次婚姻的李宗盛，写尽女人心但难得白头人：

岁月你别催

该来的我不推

该还的还

该给的我给

他也在等世上唯一契合的灵魂吧？

2016年我出版《关于我的事你们统统都猜错》这本书的时候，给了开篇那位"想我"的朋友，她在朋友圈晒图后评论：她让你猜的，只是她想让你猜的；她让你看的，也只是她想让你看的。

我由此想到别克英朗的广告语：懂你说的，懂你没说的。懂，让彼此更近。

虽然有些人不常见面，但是她其实一直都懂你。

终于站在台上

　　如果算这次，我就有三次上台表演的经历了。虽然都是合唱，但是合唱也有领唱、领诵、指挥等角色之分，而我则是一直站在队伍里，不仔细分辨都很难认出来。即便是这样，也难掩我的喜悦。

　　第一次是刚上初中，也是这样的一个秋天，学校举办歌咏比赛，各班都要组织大合唱。我们班的班主任是"文革"前的大学生，那个时候他就五十多岁了，平时一点儿也看不出有多少文艺细胞，但是到关键时刻就显得卓尔不群了。他为我们选择的曲目是评剧《花为媒》选段《报花名》。

　　当时我们只有十二三岁，是直着嗓子唱啥都乐呵的年纪，没人管什么评剧不评剧的，唱歌总要比做数学题强。但是对于初中一年级的孩子来说，《报花名》颇有些费解，尤其是不曾看过电影《花为媒》的同学，大家嘴上又没有功夫，所以很难将大段唱词背下来。那个年代没有大礼拜，只休周日一天。老师布置作业，周一检查背词情况。

　　到了周一上午，第四节是班主任的课。他先把男生叫到讲台上，当着全班同学的面挨个过筛子。看到他们磕磕巴巴、面红耳赤的窘迫，我在座位上既抿嘴偷笑又非常害怕。全班二十几名男生竟无一人能流利背出，我更是背不下来，眼看就要轮到女生了，况且我还排在花名册的第一位。

我屏住呼吸，觉得心都快蹦出来了，老师要是再看我一眼，我昏过去也是完全有可能的。就在这时，下课铃响了。走出教室的时候，我的双腿十分绵软，手里攥的全是汗。

后来我们全班还是唱了《报花名》。那时候是没有"贴声"这一说的，全部都是真唱，甚至有没有音响，我已记不得了。只知道在《报花名》婉转的旋律中，我们褪去了少年的青涩。

现在想想，我的班主任还真是有创意。以至于后来，我多次想把《报花名》以合唱的形式搬上舞台。虽然至今未果，但我终会找机会实现的。

再次参加合唱演出，就是三十年前我上高中的时候，我们学校参加全市中小学生文艺会演，在几千名学生中我入选了百人合唱团。

学校有一位音乐老师，一直致力于合唱艺术，据说在全市都非常有名。我们排练的曲目特别高难，不仅分多个声部，还有领唱、重唱、无伴奏合唱等多种形式。

那次我们大概唱了三首歌，现在我只记得其中的一首，就是由朱晓琳原唱的《童年的小摇车》。这首歌当时风靡校园，每次排练我们最喜欢唱的也是这首歌。直到现在，我依然能够准确无误地把它唱出来。

演出那天，老师精心打扮了我们。一个男生站在我旁边，他的眉毛像两只毛毛虫，脸蛋红红的，好似两个熟透了的苹果。我不知道我的样子，估计也跟戏曲中的人物差不多。

不太精致的妆容并未影响成绩。我们发挥正常，夺得了那次会演的桂冠。大客车载着我们的歌声和欢笑，一路驶离了那方舞台。谁承想，我和它一别竟是三十载。

参加工作后，作为大型文艺活动的导演，我常跟人讲，我不是在剧场就是在去剧场的路上。二十多年来，我一直站在台下，洞悉台上的每个细节，却再也没有机会走上舞台。

直到这次，市直机关工委组织举办喜迎十九大文艺演出，我们单位以大合唱的形式要求全员参加，我才得以再次站在台上。

我们选择了抗洪歌曲《风雨同舟》，以及根据《感动中国》主题曲改编的《感动江城》。虽然不是专业演员，但是我们用歌声诠释了"忠诚、凝聚、执守、担当、为民"的抗洪精神，也展示了机关党员干部的精神风貌。

此刻东方已经泛白，两个月的排练今天下午就要完美呈现，虽然站在台上只有短短的十分钟，但是我会充分享受这十分钟。

因为我和舞台在一起，我和市委宣传部这个集体在一起。

猜猜我有多爱你

有谁看过绘本故事《猜猜我有多爱你》？反正在邹市明一家朗读之前我是没有看过。

网上说，这是一本适合〇岁至九十九岁阅读的书：

有一只栗色的小兔子，它在上床睡觉前问大兔子，猜猜我有多爱你？大兔子猜不出来。

于是小兔子通过张开手臂、把手举起、在树上倒立、一蹦多高，和大兔子比试谁爱谁更多一些。可是不管小兔子怎么做，它的爱都没有大兔子那么宽、那么长、那么高、那么多。

"我爱你，像这条小路伸到小河那么远。"小兔子急得喊起来。

"我爱你，远到跨过小河，再翻过山丘。"大兔子说。

小兔子想不出更多的爱了，它闭上眼睛喃喃地说：我爱你一直到月亮那里。大兔子躺在小兔子身边，微笑着轻轻地说：我爱你一直到月亮那里，再从月亮上回到这里来。

这是一场"赢了很快乐，输了也很幸福"的比赛。父母和孩子之间的爱不可评估，但是父母的爱永远会超过孩子。

《猜猜我有多爱你》的作者是爱尔兰的山姆·麦克布雷尼。作为世界经典绘本，它在全球的销量超过一千五百万册。

这期《朗读者》的主题是"家"，所以邹市明、冉莹颖带着轩轩和皓皓站在舞台上，借助《猜猜我有多爱你》，表达着他们之间难以计数的爱。

爱的确是要说出口的。可是对于太多的人来说，也许终其一生都在学习如何去爱。或者，如何去表达爱。

和时间好好相处

从小到大，我们要多次填表。其中必有"出生年月"一栏。这很简单，没有谁会答不上来。我们能写明白"生年"，却不知道"卒年"。"生"由自己填，"卒"由别人写。

也就是说，从出生的那一刻起，每分每秒就都是属于自己的了。世界上所有的人和事都能离开，唯有时间会一直如影随形。所以，必须和时间好好相处。

一般情况下，我每天都要晨跑。如果有一天没跑，就会有种挫败感。但是哪天我恰好由于看书而欲罢不能，或者由于写作而不能停下，因此误了晨跑则另当别论。因为那段时间我没有浪费，我好好待它，它也好好待我了。

生命中所有的今天，都是交给明天的答卷。明天能否及格，就看你如何和今天相处了。时间把你塑造成什么样，全凭你自己说了算。

我的一个朋友说，她有一个小圈子，十几年来一直相对频繁地聚会，但是最近她不太愿意参加了。原因是相见的那段时间，她无法获取心灵成长或精神满足。她打算放慢脚步，时不时地参与一下，这样既照顾了多年情谊，又不会让时间白白溜走。

人是有需求的。彼此无害，仅是交往的初级课；彼此有益，才是交往的大师课。你的言行能给人以启迪，人家才愿意把时间给你。你和时间好好相处了，人家才愿意和你好好相处。

我有个同事，今年四十开外了，有一天他对我说，他要每天抽出十分钟，或认真地看一页书，或想明白一个问题。如果真能像他说的那样，未来每一天都有一个十分钟物超所值，那么他的生命将会因此而更有价值。

我们终是要向时间要收获的。虽然不能阻挡时间的流逝，但是可以决定时间的走向。把时间留给那些让我们变得更好的人和事务，慢慢地全世界都会发现你的优秀。

我还有个小朋友，当时她正在谈恋爱。两个人的时候，她吃喝玩乐十分快活；一个人独处，她心神不宁目光空洞。我让她找点儿事做，把时间填满。但她什么也干不下去。后来他们分手了。问及原因，她幽幽地说：大概是我不够好吧。

怎么才能让自己足够好呢？除了和时间好好相处而别无他法。爱一个人只会思念是不行的，要更加用力地生活才对。没有人会无时无刻在你身边，但是时间会。时间对每个人都不偏不倚，你抓住了它，它就会成全你。

我们不可以选择"生"，但可以选择优雅地"谢幕"。你不和时间好好相处，时间也肯定不能和你好好相处。

当我真正开始爱自己

《朗读者》第一季的最后一期，请到了"老炮儿"冯小刚。那期的主题是"青春"。

冯小刚用"单纯"来定义青春，并说自己现在还在青春里。他朗诵了一首诗，叫《当我真正开始爱自己》，献给所有人的青春"芳华"：

当我真正开始爱自己

我不再渴求不同的人生

我知道任何发生在我身边的事情

都是对我成长的邀请

如今　我称之为

"成熟"

当我开始真正爱自己

我才明白　我其实一直都在正确的时间

正确的地方　发生的一切都恰如其分

由此我得以平静

今天我明白了　这叫作

"自信"

…… ……

全诗选取了"真实""尊重""成熟""自信""单纯""自爱""谦逊""完美""心的智慧""生命"等关键词，感悟日益成熟的心智和愈加丰盈的生命。

这首诗由冯小刚来读，真是再合适不过了。作为中国商业电影的一面旗帜，很少有观众没看过冯小刚的电影。如果非要找出一个人来和他比较，我倒觉得这个人应该是张艺谋。

他们都导而优则演，一个凭《老炮儿》夺得第五十二届台湾电影"金马奖"最佳男主角，一个凭《老井》摘取第二届东京国际电影节、第八届中国电影"金鸡奖"、第十一届《大众电影》"百花奖"三个影帝桂冠；

他们都对中国电影做出了开创性的贡献，一个凭《甲方乙方》拉开了贺岁帷幕，一个凭《英雄》进入了大片时代。

他们都跨界担纲导演，一个执导了2014年中央电视台春节联欢晚会，一个执导了2008北京奥运会开幕式。

冯小刚和张艺谋并非导演科班出身，却是新时期中国电影无法忽视的两个名字。尤其是冯小刚，一天电影学院没上过，从美工到编剧，再从编剧到导演，他的成长史就是一部个人的奋斗史。

在《朗读者》的舞台上，冯小刚第一次戴上眼镜，用"老炮儿"特有的声音大声读到：

当我真正开始爱自己

我开始远离一切不健康的东西

196

不论是饮食和人物　还是事情和环境

我远离一切让我远离本真的东西

从前我把这叫作"追求健康的自私自利"

但今天我明白了　这是

"自爱"

我们无须再害怕自己和他人的分歧

矛盾和问题

因为即使星星有时也会碰在一起

形成新的世界

今天我明白

这就是"生命"

待在青春里不肯出来的冯小刚，说他成为不了特别成熟的人。他很认同科幻作家阿瑟·克拉克墓志铭上的那句话．我从未长大，但是我从来没有停止过成长。

其实每个特别成熟的人，其身上最难能可贵的品质，应该是历经岁月的沉浮，还可以葆有一颗尘埃不染的心。正所谓"愿你出走半生，归来仍是少年"。

有人认为，《当我真正开始爱自己》的作者是卓别林。但比较有说服力的说法是，它出自美国的一位女作家之手。

当我们真正开始爱自己的时候，就是"认清生活的真相之后依然热爱生活"的时候。

一半短暂一半长久

上周参加大合唱，我们请到了专业的勃朗化妆团队，第一次像演员那样，被打扮得有些脱离群众。

我原以为化妆那点儿事儿，十分八分就搞定了，谁知往那一坐，勃朗的小姑娘至少在我脸上忙碌了个把钟头。

妆成之后，赶紧照镜子，在惊喜之余，也真心感叹那些演员、主持人的不容易。

在候场的时候，看见朋友珊，她是那台晚会的主持人。珊一把抱住我：姐，你能天天保持这样不？我说：不能。我不会化妆啊！

也别说不会化妆，我每天洗漱后，还是会在脸上勾勒三下两下的，但绝对不会超过五下。我的朋友敏每次见到我，都瞪着大眼睛鼓励我：这个年龄不施粉黛，还多年保持体态不变，挺牛的！听到这话，我总是暗想：我都化成啥样了，她咋看不出来呢？现在这么一比较，我那两下子还真不能叫"化妆"。

还有一次，我要去参加活动，便在脸上精雕细刻了一番，结果我的一个同事盯住我：早上着急了吧？眼影没抹好。我摘下眼镜一看，那哪儿是眼影啊？分明是我化的眼线嘛，只是下手重了点儿，显得生硬而突兀，给人感觉像是画错了。

虽然化妆不够娴熟，但是我并不反对化妆，甚至随着年龄的增长，还提倡人人都应该化点儿淡妆。这座城市的女人变美了，这座城市也就跟着变靓了。

有了这次化妆的经历，再看自己就有点儿看不了了。披过了华美的袍子，怎么能不嫌弃破衣烂衫呢?

就像怀孕的人总能看见迎面走来的孕妇一样，如果专注一件事，这件事就会被无限放大，时刻入脑入心。

以前的同事小美来找我，我注意到她的眉毛比较立体，便打听了一下。她告诉我是做了"半永久"。

哦，半永久。一般短暂，一半长久。仅从字面解读，它比"文眉"不知要好过多少。前者灵动而富有诗意，后者似乎针针见血、死板且了无生气。

小美建议我去做半永久化妆，包括雾眉、美瞳线和定妆唇。并强调说，那样就可以省去每天化妆的麻烦。我被她蛊惑得蠢蠢欲动。可我对疼痛超级敏感，又在心里悄悄地打了退堂鼓。

"懒起画蛾眉，弄妆梳洗迟。照花前后镜，花面交相映。"不管怎么说，化妆应该是女人一生的必修课。

是谁发明了这个词? 半永久。想短暂便可淡化直至消失，想长久也能相对永久。仅凭这种自在自由，就应该壮着胆子去试试。

又见那排年轻的白杨

　　对于我们这些老电视人来说，"广院"似乎比"中传"叫得更为顺口。那年那月，谁的心里不曾藏有一个"广院"情结呢？"广院"是北京广播学院的简称，2004年正式更名为中国传媒大学（简称"中传"）。

　　十几年前，我在广院进修。十几年后，当我重返校园，发现她变大变美了，也变得似曾相识或不敢相认了。唯一不变的，是她还坐落在定福庄东街。

　　一进学校正门，位于传媒广场的主楼还在，只是上面的大屏幕没有打开，我记得以前它总是在循环播放校歌《年轻的白杨》：

　　　　校园里大路两旁

　　　　有一排年轻的白杨

　　　　早晨你披着彩霞

　　　　傍晚你吻着夕阳

　　　　啊　年轻的白杨

　　　　汲取着大地的营养

　　　　啊　年轻的白杨

树叶沙沙响

年轻的白杨

你好像对我讲

要珍惜春光

这首歌创作于1980年，被认为是中国内地第一首校园歌曲。它的词作者是诗人叶延滨，当时他还在广院的文艺系求学。曲作者是在广院工作的民谣吉他演奏家刘天礼。

其实广院院里的杨树并不多，偶有几棵也都枝繁叶茂直入苍穹。倒是甬道两旁的梧桐遮天蔽日，光滑的树干让人忍不住要去摸上一摸。秋风席卷之后，叶子或在枝头飘摇，或在空中飞舞。或者干脆铺满路面，给校园涂上一抹金黄。

再就是银杏树了。我在北大、南开也见过这种树，高大挺拔树影婆娑。广院的银杏树已经结果，我看见两个老人在捡拾，便也拿起一枚放入口中，瞬间舌尖就被一种酸、甜、涩、麻的感觉所环绕。原来小小的银杏果，竟有如此丰富的味道啊！

还有就是我们既熟悉又陌生的松树和柳树。说熟悉是因为这两个树种在北方很是常见；说陌生又是因为广院的松树和柳树有几层楼高，其冠如盖其叶蓬蓬。

广院著名的核桃林也在。这次我并没有看见满地核桃，大概是季节不对吧。这些枝繁叶茂的大树将根深深地扎向大地，见证了一批又一批的广院人进来又离开。

我有点儿理解诗人的眼中为什么只有白杨了。广院的校歌总不能叫"年轻的梧桐"或"银杏"吧？若是"年轻的松树"或"垂柳"或"核桃"，则更是要不得了。除此之外，白杨也给人一种向上的力量。

广院如今寸土寸金，校园里的楼比比皆是。立德楼、明德楼、博学楼、新知楼等等，都是我上学的时候所没有的。图书馆、游泳馆、礼堂讲堂、传媒博物馆、学生活动中心也一应俱全。在广告学院旁边，有一间咖啡屋，单从名字上看，也唯有广院人能够想得出来。叫什么呢？——传媒大咖。

清晨的广院，校园相对寂静。有学生在长廊里专注地吹着长笛，也有三两少年站在明德桥上对着湖水练习发声。正如播音主持艺术学院海报上的宣传语：梦想，从每一声呐喊中启程。

孔子广场是新建的，立有"万世师表"孔子的塑像。再往前走，是《论语·学而》篇的竹简雕塑。不言而喻，广院大概是希望所有的学子都能够终身学习吧。这也和广院"立德、敬业、博学、竞先"的校训是一脉相承的。

广院的学风是自由的。我在学习期间，最喜欢的就是蹭课。可以随便推开一扇门，去听自己喜欢的课。尤其是周末的"大师课"，各种名人来此讲学，他们不仅就学术问题进行讨论，更多的则是与人生结合。说白了，就是教你如何做人。以至于以后的若干时日，我在很多场合都会将"大师课"挂在嘴边。

和其他大学不同，广院有非常专业的电视台，标有"中传电视台"的直播车就停放在楼前。仅从外观上看，这辆直播车应该不逊于任何一家地方台的直播车。

广院一共有四个门，南门、北门、东门、西门。南门是正门，地铁八通线在此设有一站；昔日北门以外还不够繁华，如今已经高楼林立；东门毗邻北京第二外国语学院，经常能够看到一些气质美女进进出出；现在要重点说说西门了。出了西门是一条窄小的街道，广院人称之为"西街"。大概每所大学的旁边都有学哥学姐记忆深处的一条街，西街于广院的学生来说就是这样吃穿用俱全的一条街。男生可以在这里喝酒，宣泄着多余的荷尔蒙，女生可以在这里淘宝，找到各种中意的小玩意儿。可如今的西街已经面目全非，只剩下为数不多的几家小店，据说是因为要拆迁改造了。

记忆中的西街已经回不去了。回不去的西街，让人有种欲哭无泪的感觉。就像离家多年的游子，找不到的故乡也是异乡。

四个门的门口都立有一张"校园平面图"。平面图我没有细看，但是上面腾讯视频的广告语引起了我的注意：我没有很多朋友，但我跟最酷的人厮混。哈哈，说得多好！

在传媒博物馆的对面，是中传出版社的读者服务部。以前我在这里买过一些别处买不到的专业书籍。这次也进去翻了翻，最后选定一本美国剧作家罗伯特·麦基的《故事》。临出门的时候，看到白岩松的新作《万事尽头，终将如意》，虽然我已经过了看这类书的年龄，但为了向广院致敬，还是将其和《故事》一并带走。

白岩松是广院最为优秀的学子之一。在中国电视迅猛发展的年代，广院为其输送了大批人才。罗京、敬一丹、康辉、李梓萌、周涛、陈鲁豫……知名校友可以列出长长的一串。当然，更多的还是那些在地方台默默奉献的广院学子。他们曾是校园里那排年轻的白杨，他们如今已成为广电事业的栋梁。

　　　　我们是年轻的白杨
　　　　我们是未来的栋梁

枝条捧出朝阳

绿叶伴着星光

啊　我们在成长

汲取着知识的营养

啊　年轻的白杨

树叶沙沙响

年轻的白杨

你好像对我讲

要珍惜春光

　　再回广院，怀着一颗感恩的心。致敬，广院！再见，那排年轻的白杨！

张天赫：我演的戏你没看过

这次去北京，张天赫为我们开车。要不是他的老板给我们介绍，我还真以为他是司机呢。

老板说张天赫是他的助理兼公司艺人。张天赫一回头，这下我看清了，是不是助理不能肯定，但是绝对长了一张艺人的脸。如果红了，也是小鲜肉一枚。

在京两天，张天赫接送过我们两次。渐渐的，彼此有些熟络。我便问他，你都演过哪些角色啊？

问过之后，我就后悔了。这样问一个艺人，该是多么的不礼貌。有谁会把同样的问题抛给杨洋或吴亦凡呢？显然面前的张天赫，还没有在镜头前混个脸熟。

张天赫家在长春，毕业于吉林艺术学院。科班出身颜值又高，当年凭理科试卷上了表演系。虽然看起来青春年少，实际上他已经到了而立之年。

二十几岁的时候，有个剧组需要一个少年，老师让张天赫去试镜，他跟导演说自己十六岁。导演看了看他，问了句"有吗"？他嗫嚅地说，十五多一点儿吧。

那天气氛刚刚好，张天赫忍不住开怀大笑。结果笑出了皱纹，被导演发现了破绽。他没有给我们讲结局，但是结局可想而知。

毕业后张天赫没有马上进组，说是为了沉淀一下。他先开饭店经营海鲜，每天等到最后一桌客人走，然后睡两三个小时，天不亮就起来去市场。干了一段时间后，他把饭店兑出去了。

后来他又投资办艺校，分校就开在吉林市淊博广场楼上。他每天驾车在吉长高速上往返驰行，即便这样生源也不能如他所愿。他只好关掉艺校另做打算。

这回张天赫接管了一个工地。看不懂图纸还在其次，关键是和工人对不了话。他说的工人不懂，工人说的他也听不明白。一年之后，他说啥也不干了。

还是演戏吧。张天赫从小就做平面模特，也许生来就是端这碗饭的。听一个广州的师哥说，那边缺少专业演员，他便去广州跑组。后来老师给他介绍一个北京的师哥，就是他现在的老板，他二话不说就来北京发展了。

其实张天赫的祖辈、父辈都是搞医的。他的爷爷是个老中医，已经九十多岁了，天天捧着一堆药方，想传给张天赫。有一次赶上他扮演医生，他爸爸拿着他的剧照告诉爷爷，说他在北京行医呢。爷爷问爸爸，他这是在哪一科啊？爸爸答不上来，给整露馅儿了。

张天赫说他演过一部电视剧，在倒数第二集才出现，让我直接看最后两集就行。还演过一个网络大电影，连名字也没说出来，也许他说了，但找一点儿印象都没有。再就是拍过一部电视电影，前不久在央视电影频道播出了。

"我演了一堆戏，但是你都没看过。"张天赫有点儿自嘲，却依然笑着说道。"还要演下去吗？"我试探地问。"演啊！我可能要演林彪了。"他的调值提高了些许。

我能想象张天赫走过的路和吃过的苦。世上没有白走的路，所有的苦日后谈论也都是一种幸福。既然选择就要坚持，红了更好不红也没关系。

和很多艺人一样，张天赫也许就差一个机会。虽然没看过他的戏，但生活中的他非常生动。即使天空有些暗淡，可他的目光却依旧闪亮。

怒放的生命

一直以来，战争总是让女人走开。但是，当女人抱着机枪浴血疆场，也往往是一个民族到了生死存亡最为危机的时刻。

由于工作的关系，我阅读了长篇小说《雪中的冰凌花》。它的作者是吉林市经济广播电台原副台长夏小民。这部酝酿二十八年之久、终于得以完成的力作，为我们描述了一个战争中的女人在战火中的青春，让我们透过弥漫的硝烟看到了一个个鲜活的身影和怒放的生命。

夏小民先生说，"雪"点明了地域性和严酷性；"冰凌花"则是一位报春的使者，傲雪盛开。

小说从九一八事变开始写起。其实提到20世纪30年代，最容易让我想到的是上海滩的灯红酒绿，十里洋场的纸醉金迷，旗袍包裹下的摇曳身姿，还有左翼作家联盟的异常活跃。因此，我一直对那个时代充满探究和好奇。然而同一时空下，在吉林城周边的深山老林里，东北抗日联军正高扬爱国主义旗帜，打响了一场反法西斯的卫国战争。

我用六天的时间，读完了二十六万字的《雪中的冰凌花》。掩卷沉思，感到一些文字在胸中汹涌，我要把它记录下来，和喜欢这本书的朋友们共同商榷。

《雪中的冰凌花》选题准确，视角独特。2007年仲夏，我去桦甸红石采访，一座座密营遗址让我怦然心动，那片红色的土地令我为之神往。而在我读到的抗联题材的小说中，还没有一部像《雪中的冰凌花》这样全景式地反映这片土地上的抗日战争，尤其是吉林人民如何投身于这场战争，如何与日寇强虏进行殊死较量。小说的主人公白云让我们想起那个激励几代国人的苏联女英雄卓娅，从她身上我们看到那个年代吉林城内涌动着的一种民族精神、一种城市精神，那就是英勇无畏坚不可摧。《雪中的冰凌花》用文学的形式，填补了吉林人在抗联史上的空白。

《雪中的冰凌花》构思巧妙，闪烁着人性的光辉。小说不惜笔墨，描写了白云与其父白宗甫之间的父女情深、白云与日本军官池田俊男之间的绵绵情意，然而残酷的战争瞬间便将亲情、爱情击个粉碎。在民族大义面前，白云超越了亲情，牺牲了爱情。读罢《雪中的冰凌花》，让我记住的不是惨烈的战争场面，而是沁入心田的温馨情感。尤其是两个异国青年的生死之恋，让我再次想到经典影片《魂断蓝桥》，战争不仅仅是流血牺牲，更是摧毁了人性中的所有美好。白云和池田俊男不能爱我所爱，让人慨叹人生无奈的同时，更加痛恨战争、远离战争。

《雪中的冰凌花》明暗对比，情境唯美。可能是早年拍电视的缘故，即便是阅读一部文学作品，我的脑海里也常常画面翻涌、浮想联翩。小说中有两处主要场景，一处是灯火通明的吉林城，一处是冰天雪地的深山老林。多年前，当我第一次踏上俄罗斯的土地，于午夜时分穿越一座座小城，街道两旁一个个散发着橘黄色灯光的窗口，令疲惫的我顿时感到一种温暖和渴望。而小说中的吉林城让我再一次恢复记忆，透过作者的笔端，我觉得它的主色调也应该是一片橘黄，整座古城温馨而澄明；而白雪覆盖下的深山老林，则显得凛冽而清冷。为了驱逐侵略者，英勇的吉林儿女打破大山的沉寂，冲破冰雪的阻隔，放弃城市的舒适，选择密林的艰苦，让人更加敬佩昔日的民族英雄，更加珍惜今天的和平生活。

《雪中的冰凌花》激情四溢，展示了一幅悠远的民俗画卷。我和夏小民先生相识多年，也拜读过他的多篇文章。但谈到了解，还是缘于近些年市委、市政府举办的一系列大型活动。从"倾国倾城"城市日主题晚会到"盛世欢歌——2007吉林市国庆文艺晚会"，从"江花红胜火"吉林市第四届松花湖文艺奖颁奖典礼到"锦绣吉林——吉林市2009年春节联欢晚会"，以及"祝福祖国——吉林市庆祝中华人民共和国成立60周年大型文艺晚会"等，夏先生都是总撰稿，而我作为导演组的一员，要经常和夏先生共同工作。他给我的印象是一个谦谦君子，时而激情澎湃，时而内敛低调。通读《雪中的冰凌花》，我仍然能够体会到作者内心所涌动的激情，残酷的战争在他的笔下化繁为简举重若轻，让人感到通篇节奏流畅，读后畅快淋漓。由于夏小民先生具有深厚的家乡情结，他时时眷恋着脚下的这片热土，所以他饱蘸浓情，为读者描绘了20世纪30年代吉林城的市井街巷、风土人情。从福源馆的生日蛋糕到老白肉馆的白肉血肠，从正月十五放河灯到四月二十八的北山庙会，从天主教堂到牛马行窑坑等等，重现了那年那月吉林城的民俗万象。此外，长白山余脉的物华天宝，那些打不尽的山鸡、野猪、狍子，不仅改善了抗联勇士们的生活，更让人觉得这是一块福泽世代的宝地，容不得侵略者半点儿践踏。

当然，书中有些情节虽设计巧妙，显示出作者丰富的想象力，但结局略显仓促，若能精彩落幕，则可好上加好；另外，小说中的对白如果再进一步体现人物个性，读来可能更为过瘾。但是瑕不掩瑜，《雪中的冰凌花》仍为一部不可不看的本土佳作。

夏先生说，他这辈子最大的理想是当一个"百万富翁"，就是公开出版发行的文字达到百万。夏先生近期付梓的《家在吉林》《雪中的冰凌花》合起来已有四十六万字之多，再写五十万字便可实现他的"富翁"之梦。我确信他会实现自己的理想，因为他是一个耐得住寂寞的人，一个富有激情的人，一个心地纯净的人。成为"百万富翁"，只是时间问题。

下一个春天，我期待夏小民先生的新作问世；下一个春天，我希望冰凌花在吉林城破冰怒放。

和十月做个了断

十月总是令人翘首以盼。因为十一长假，也因为它是北方最成熟的季节。

一年之中，只有春节可以和十一相提并论。而2017年十一因为中秋节的缘故，更是成为史上最长的假期，足足有八天呢，其风头似乎盖过了春节。十月的舒适可想而知。

一进入九月，我就开始规划十一的去向。熟识的朋友见面，也相互打听长假怎么过。因为假期不常有，所以人们格外珍惜。可是每每等十月临近了，却常常因为景地的人潮汹涌而不得不放弃。

不过即使待在家里，也是十分的惬意。白天各种"葛优瘫"，夜晚不睡也没有负疚感。可以胡思乱想，也可以什么都不想。生命不必每时每刻都冲刺，偶尔放慢脚步则是为了更好地向前跑。

十月之初，给十月开了个好头。头开好了，余下的事也就顺了。

十月是明媚的。天空一天比一天湛蓝，人心也一天比一天旷远。明晃晃的阳光，让大地光彩重生。如果想和谁一起"消磨精致而苍老的宇宙"，十月该是不错的选择。"比如靠在栏杆上，低头看水的镜子，直到所有被虚度的事物，在我们身后，长出薄薄的翅膀"。有位诗人如是说。

在很多人的眼里，十月是斑斓的。我并不反对，但那或许是因为十月的风是有颜色的。

它越过山峦，山就成了五花山；它席卷麦田，麦浪就染上金黄。它在枫树的枝头停留，枫叶一下子就红了，它放过了柳树，所以柳枝还是那般的翠绿。十月的风吹过的地方，天已微凉但我已成长。

从十月开始，我传"慢递"给未来，短则三五天，长则一周。每封信拆开，有些微计划得以实现，有的则没能坚持。尤其是晨跑五公里，整个十月时断时续。我把它归咎于天气，季节一变好多习惯也会随之改变。按说已经经历了几十个寒暑，但是每一年却又想不起来去年的旧时光。

时间就是一块橡皮擦，能够陪伴左右的都弥足珍贵。那些变浅变淡的痕迹，没时间也没必要去回忆。

十月的尾声去了北京。北京城就像这里的十月伊始，街头的月季开得正是时候。五年一次的盛会刚刚闭幕，到处积蓄着一股磅礴的力量。我的十月似乎比别人延长了几日，即使走在喧闹的街头心中也不免一阵窃喜。

十月的天空有没有下雨？我已经不记得了。印象中都是十月千般万般的好。

读白岩松的新书《万事尽头，终将如意》，书名是一句巴西谚语，它还有另一层意思：假如还不如意，那是事情还没到头。

十月虽然有三十一天，但还是过去了。和十月做个了断，让十一月好好继续。

岁月忽已暮

大清早的，一男士托人找到我，说有事相求。事儿不大，于我是举手之劳。

宾主落座，我本无心打量他，可他一口一个"大姐"地叫我，我便放眼过去，这一看我就纳了闷儿了，明明比我还老，怎么我就成他"大姐"了？

转念一想，也可能是尊称。去趟菜市场，那些一脸沧桑的摊主，不也不分年龄"大姐、大姐"地打着招呼吗？可他没有必要，不叫"大姐"也不失敬。

啥也别说了，叫"大姐"还是好听的，下一个辈分，可能就是"大姨"了。

我有一女友，在一个饭局上，她不知道该怎样称呼某位男士，便叫了一声"大哥"。其实她比他大好几岁呢。我见证了这一幕，开始以为她是开玩笑的，可事后得知，她真以为他是"大哥"。

也许到了一定年龄，年龄就会变得模糊起来。我问过几个女友，她们都说自己的心理年龄要远远小于实际年龄。大概男人也是这样吧。

二三十岁的时候渴望年老，等到了四五十岁又想方设法地减龄。谁都希望岁月在脸上停止而不是加速。

我还有一女友，几年前经人介绍认识一位先生，经过相看一切都较比合适，可她就是觉得差了点儿意思。究竟差在哪了呢？原来他一度冲锋陷阵，可现在总是强调自己行将退隐。而女友正值上扬的状态，显然两个人是不合拍的。他不至暮年却一身暮气，导致她最终掉头离去。

世上没有人能抵过时间，容颜在其面前更是不堪一击。能够和岁月抗衡的，应该是德行、学识以及永恒的爱吧。

如果说这么多年我有什么好的习惯坚持下来了，那就是几乎每周都要研习一台不同类型的文艺晚会。这周是安徽卫视2015年国剧盛典，范冰冰凭《武媚娘传奇》荣获"最佳女演员"。当主持人金星问台下的李晨喜欢范冰冰哪一点时，李晨大声喊出"品格"。范冰冰虽有夺目之美，但她还是靠"品格"赢得了爱情。

本年度"最佳男演员"由胡歌摘得，他因《琅琊榜》《伪装者》《大好时光》三部剧而获此殊荣。胡歌上台发表获奖感言，说2006年因车祸而跌入人生低谷时，他妈妈告诉他：以前观众在意的是你的外表，现在上天在你脸上开了一扇窗，是希望观众可以更多地看到你的内在。此后胡歌不断努力，终于站在国剧盛典的舞台上。

还是胡歌，在电视剧《生活启示录》中，有一段他和闫妮的对话。闫妮说：在我最好的时光没有遇见你；胡歌答：遇见我就是你最好的时光。人对了爱就对了，总有一个人会让未来有无数可能。

如果人生终不敌岁月，那么"品格"比"美丽"更具保质期，实力和才华才是一个人最好的门面。唯有如此，方能遇见良人。

岁月忽已暮，人生仍未老。脸上可以有痕迹，但是心里不能有暮气。

我以我的方式喜欢延吉（一）

延吉我是去过三次还是四次？竟有些记不得了。但只要一有机会，我就会选择去延吉。因为我喜欢人文景观要胜过名山大川。在这个万物萧瑟的11月，我以我的方式再次向延吉出发。

防川：一眼望三国

珲春我是去过的。2000年去海参崴，就是从珲春出境。但是当时并没有去防川。

此次延吉之行，索性买了吉林至珲春的高铁票，目的就是直奔防川，体验一下"鸡鸣闻三国，犬吠惊三疆"的独特感受。

一出珲春站，就有直达防川的旅游大巴。那天珲春下着小雨，远山雾气缭绕，公路仿佛没有尽头。行驶一个多小时后，司机终于告诉我们：防川到了。

防川是个小村落，人称"东方第一村"。她位于中俄朝三国交界处，因其重要的地理位置，使之成为著名的旅游风景区。

到防川必到龙虎阁。龙虎阁共十三层，既是"一眼望三国"的首选之地，也是迎接新年第一缕曙光的绝好去处。登上观景台，眺望东南，俄罗斯的哈桑小镇若隐若现；俯视西南，朝鲜的豆满江市尽收眼底。

龙虎阁因龙虎石刻而得名。一说到龙虎石刻，就不能不提起一个吉林人都熟悉的名字——清代官员吴大澂。吉林机器局（艺术中心原址）就是经吴大澂奏请清廷而兴办的，它是东北近代工业的发端之作。

吴大澂曾五进珲春。尤其是第五次，光绪十二年（1886）四月，他以清政府北洋大臣的身份，奔赴珲春与沙俄代表举行勘界会谈，争得中国船只在图们江口的航行权，正式签订《中俄珲春东界约》并立界碑。

立碑之日，吴大澂挥毫写下"龙虎"二字，命人勒石于山岩之上。"龙虎"乃"龙骧虎视"或"龙盘虎踞"的缩写，寓意为誓死保卫边疆、保卫祖国。正可谓"犯我中华者，虽远必诛"。

龙虎石刻史上有过多次迁移，现今于2013年4月运抵龙虎广场，从此以"镇阁之宝"的姿态，伫立在龙虎阁的一层大厅。

吴大澂集官员、学者、书画家、收藏家于一身，尤其于古文字、金石学方面取得了较大成就。因此龙虎石刻不仅传递着重要的历史讯息，而且具有极高的书法价值。

珲春满语为"边远之城"，防川是迎新纳福之地。从防川返回珲春的时候，天空开始放晴，一束光拨开乌云，从头顶倾泻下来，照亮了所有前行的路。

图们：一颗善心抵过万两黄金

图们是我此行的第二站。从珲春出发，乘坐城际列车到图们，仅需二十二分钟。

和珲春一样，直达图们口岸的9路公交车就停在出站口。图们口岸有公路口岸和铁路口岸之分。公路口岸由公路桥相连。我们去的时候，大桥正在维修，不然游客可以上桥，走到中间进行瞭望。

图们对岸是朝鲜咸镜北道的稳城郡。从口岸望过去，近处是几栋多层建筑，远方有一些平房民居。据当地人讲，这些楼房是去年水灾之后才兴建的，若是早些时候，对面连一栋高楼也没有。

从公路口岸到铁路口岸，大约有几百米的距离。路上无人也无车，正打算原路返回，但见一辆2路公交车缓缓驶来，便毫不犹豫地坐了上去。

我们向司机打听：哪里有咖啡店？司机是个中年男人，他见我们是外地游客，便热心地推荐我们去步行街。我们又问他：步行街离客运站远吗？他憨厚地笑笑：图们太小了，到哪儿都不远。你想想，三万人口的城市能有多大？

一路上司机不停地向我们介绍图们。因为担心步行街没有咖啡店，又主动打电话给他的朋友予以确认。最后为了方便我们，还把车停在了步行街街口。

一个普通的公交车司机，放大了三万图们人的善，令人对这座边塞小城顿生好感。总有比风景更为动人的，那就是人心。也只有人心，才能换取人心。

莎士比亚说，一颗善心抵过万两黄金。有时候喜欢一座城市，完全是因为城中住着那些值得喜欢的人。

延大：一场呼啸而过的青春

每次去延吉，我都要去"延大"（延边大学简称）。虽然这个季节的延大是那般的缺少色彩。校园里除了松树依旧墨绿，再就是在蓝天的映衬下愈发显得灰白的楼宇了。

延大几乎找不到老旧的建筑，这与她六十八年的建校史多少有点儿不符。新校舍不是不好，而是承载的故事太少。毕业多年的学子重返校园，站在一座座崭新的楼前，怕是会迷失自己吧？勾不起的回忆，注定了回不去的青春。

择一个假日的早晨去延大，偌大的校园显得空旷无比。举目望去，晃动的人影不过三三两两。倒是远处的足球场上，活跃着两支劲旅。他们的热闹，让我想起了延边拥有"足球之乡"的美誉。

延大坐落在半山坡上，时常需要拾级而上。比如去"丹青楼"，就要攀爬六十多级台阶。"丹青楼"是美术学院所在地，仅从外观上看就很现代。推门进去，里面静悄悄的，刚想转身离开，不知从哪间教室传来悠扬的口哨声。不难想象，任何艺术求索都是孤独的，当怀一颗匠心，方能到达彼岸。

"丹青楼"的对面是艺术学院，歌声和琴声引领着我的脚步。在走廊的宣传栏里，我看见两块"国家级非物质文化遗产"展示板，一块是"盘索里"，另一块是"伽倻琴"。"盘索里"是朝鲜族的说唱艺术，它的传承人是延大艺术学院资深教授姜信子。2000年我拍摄"盘索里"的时候，曾在延吉采访过姜信子教授。这次看到她的照片和简介，仍然十分亲切，算来她已经是七十六岁的老人了，时间让所有的人都深感无奈。

在优秀毕业生那一栏，发现了两个合作伙伴。一个是阿里郎组合，另一个是卞英花。在全国青年歌手大奖赛上，阿里郎组合曾获第十届专业组通俗唱法银奖，卞英花夺得第十二届原生态唱法银奖。他们都跟我合作过2009年吉林市春节联欢晚会。当然橱窗里还有一个人不得不提，她就是2008年荣获央视《星光大道》年度总冠军的歌手、现在正火得不得了的金美儿。

作为一所综合大学，延大每年有数千人进来又有数千人离开。我的几个闺密都是延大中文系毕业的。我经常和她们说：之所以撵不上你们，是因为缺少延大这一课。此行我一定要找到中文系，而后循着她们的足迹打开她们青春的纪念册。

按照延大的指示牌，中文系离正门并不远。但是如今它已经合并到人文社会科学学院了。我在楼道里顾盼，究竟哪间教室藏着闺密们的美丽与哀愁？我逐个看过去，隐约可以听见她们年少的誓言："我们说好不分离，要一直一直在一起，就算与时间为敌，就算与全世界背离。"

时光斑驳如影，岁月辗转成歌。延大以其"求真、至善、融合"的校训，培养和影响了一代又一代的延大人。闺密们和万千延大学子一样，任由那裹挟着欢笑与泪水的青春，在这里呼啸而过。

"不是我喜欢的样子你都有，而是你的样子我都喜欢"。这句话对一个人或一座城同样管用。延吉，满足了我对"风情"二字的所有想象。

我以我的方式喜欢延吉（二）

延吉是一座被美食包裹着的城市。冷面、拌饭、狗肉、酱汤、泡菜……无论哪一类，都有太多值得一吃的理由。延吉的每道美食，都是游客不容错过的景致。

元奶奶包饭：终于找到你

两年前的十一，吉图珲高铁刚刚开通，我也随着汹涌的人流奔赴延吉。由于事先在网上做了功课，所以一下车就按照美食地图寻找"元奶奶包饭"。

那年的延吉，满街满巷都是外地游客，无论向谁打听，均一无所获。左转右转一抬头，终于看见"元奶奶包饭"。虽然早就过了饭口，但是等位的顾客还是排到了街上。即便肯等，也不一定能吃上，因为元奶奶家除了包饭，另一道名品是参鸡汤，据说鸡已经卖光了。

虽然到了元奶奶的屋檐下，却依旧没有机会品尝包饭。"元奶奶包饭"，是延吉留给我的一个遗憾。

这次再去延吉，第一站便是找"元奶奶包饭"。两年前的街巷还在，报社大楼也在，就连顺姬冷面、兴豆饭店、不倒翁私厨都在，可就是不见"元奶奶"的影踪。她躲在璀璨的霓虹深处，仿佛在和我们捉着迷藏。

没办法打车吧，结果连司机都笑了："你们直行也就一公里，可我得绕一大圈。"我的元奶奶呀，你这么任性好吗？

还是那个门脸，却远没了当年的火爆。既然进了门，包饭就比元奶奶重要了。此外参鸡汤也是一定要点的。

延吉美食还有一点好，就是明明只点了两道菜，却连配菜、蘸料等汤汤水水地上了一桌子。如果此刻还有人不合时宜地喊着"减肥"，那么可能是她的胃或者脑袋出了问题。或许能干大事也说不定，毕竟不是所有人都能拒绝"元奶奶"的诱惑。

做美食就像做人，必须有真材实料。仅从这一点来说，"元奶奶"有过之而无不及。来趟延吉，如果不吃"元奶奶包饭"，就像过年不吃饺子，那么这个年是说不过去的。

丰茂烤串：羊肉现穿才好吃

延吉人没有不知道丰茂烤串的，它绝对是延吉美食的上榜品牌。我们进去的时候，大厅里还有几个空位，不过没等点完菜，便被后来的人填满了。

每个行业都有自己的偶像，丰茂烤串就是烤串界的榜样。它于1991年在延吉创办，现已发展成门店五十七家，分布在北京、上海等全国各地。

烤串谁没吃过呢？但是丰茂烤串和所有的烤串都不一样。它的经营理念是"羊肉现穿才好吃"。每有客人进来，服务员便会齐诵这句话，以便让所有顾客都知晓它的独特之处。

丰茂烤串一改其他烤串的沉闷，整体设计以黄绿色为主，偏重现代、时尚、青春、灵动。新鲜的羊肉挂在橱窗里，透明的操作让顾客一目了然。

在这里所有的烤串都是半成品。每张餐桌各有一个设计考究的烤炉，顾客自己动手完成剩下的一半。整个过程顾客既是体验者，也是创作者，还是享受者，不知不觉便和烤串、环境、丰茂融为一体。

丰茂虽然只是一家串店，但是它的服务员却给人一种"白领"的感觉，既不失敬于顾客，又保有自身的不可冒犯。那是一种来自书本、课堂、社会、生活的历练。长相可以天生，但是气质不能模仿。

全体员工分工明确且训练有素，各个神情专注且眼里有活心里想事。高品质的食材和服务，是丰茂能够致力于烤串二十六年的制胜法宝。

丰茂烤串可以作为正餐，也可以是喝完一顿大酒之后的辅餐。它灯火通明，营业时间通宵达旦。它驱散了延吉的夜色，也沸腾了延吉的夜晚。

我们出门的时候，等位的顾客已经排成长龙。看他们的状况，今晚不吃顿丰茂是睡不踏实的。那么吃了烤串的人呢？也同样无法安然入睡。如果能有一盒健胃消食片，就再好不过了。

西市场：昔日不再来

去延吉的人，十有八九会去西市场。我第一次去的时候，大概是2000年。怎么形容它呢？我在脑海里搜索相应的词汇——壮观。唯有

"壮观"，才能与它匹配吧。

两年前再去西市场，它变得更加壮观了。米肠、米酒、打糕、大酱……应有尽有；辣白菜、苏子叶、明太鱼、牛板筋……铺天盖地。延吉所有的食材在这里都能找到。

阿妈妮一边拿着不明食物往你嘴里塞，一边操着一口生硬的汉语颠三倒四地说："不好吃的人没有啊。"她的意思是，没有人说这个不好吃。热情得让你不买都觉得亏了心。

这次再向人打听西市场，延吉人顿足捶胸地说："西市场没有了！"那么大的西市场，怎么说没就没了呢？后来才听明白，是西市场搬迁了。延吉准备重建西市场，现在移至"大千城"进行过渡经营。

"西市场没有了"，我听出了延吉人的惋惜。因为那里有创业者的汗水泪水，也有普通人的情感寄托，更有外地人的过往足迹。它是爱是暖是乡愁，是延吉人挥之不去的家乡情结；它是吃是喝是人间烟火，是所有人刀刻斧削般的集体记忆。

东西还是那些东西，人也许还是那些人，但是西市场的确不在了。既然西市场没有了，那么大千城我也不去了。我找寻的不是食材本身，而是一种家的味道。

汪曾祺先生说，风俗是一个民族集体创作的抒情诗。那么美食，应该是延吉人共同谱写的交响乐。若干年后或许我记不得延吉的街巷了，但是应该还能记住延吉的美食。

而延吉呢，她也一定知道我来过吧？

关于文艺女神的私人记忆

    阿未先生是诗人。我和他是微信好友。前几日江一燕主演的电影《七十七天》上映，他在朋友圈刷屏并向众友人宣告，一直以来比较欣赏的女演员依次是孟庭苇、徐静蕾、刘若英、江一燕。我留下评语：这几个都比较文艺。

    何谓"比较文艺"？我最近看一本书，上面说"文艺"就是逆着人群走。以我的理解，就是和常人不太一样。那么娱乐圈中，谁能获封"文艺女神"呢？

    首先看长相。文艺女神大都属于"第二眼美女"，类似范冰冰的一律除外。她们不会被"惊为天人"，但是眉眼必须经久耐看。她们放在人堆里未必显眼，却完全可以凭气质撑起一切。还有一点很重要，就是看上去柔弱得没有任何攻击性。

    阿未先生眼中的徐静蕾、刘若英、江一燕就属于这种类型。老徐人淡如菊，奶茶知性空灵，江一燕妩媚清纯。至于孟庭苇，虽然声音很嗲，但是五官并不示弱。跟她们三人在一起，外表有些不搭。

    当然阿未先生可能喜欢在别处，那就是另外一回事了，跟我所探讨的"文艺"无关。

    说到长得比较文艺的，汤唯是怎么也绕不过去了。鼻子、眼睛、嘴，单拿出来哪一样都不占优势，但是组合在一起，味道就出来了。在电影《命中注定》中，廖凡形容汤唯长得"小众"，我看是再合适不过的用词了。"小众"就是与众不同，喜欢的人拼命喜欢，讨厌的人也拼命讨厌。

其次看才华。文艺女神除了是美女，还必须得是才女才行。她们在演戏之外，要有其他才艺加身。或演而优则导，或演而优则唱，或演而优则写。或者十八般武艺，样样都能信手拈来。只有内外兼修，方能屹立不倒。

徐静蕾是娱乐圈中最早被贴上"才女"标签的，从主演《将爱情进行到底》开始为人们所熟知。接下来就又演又导，相继推出《我和爸爸》《一个陌生女人的来信》《杜拉拉升职记》《有一个地方只有我们知道》等大银幕制作。她还写得一手好字，据说北京"赛特商场"等几处牌匾就出自她手。

刘若英就更厉害了。她出演《少女小渔》《天下无贼》《红粉女郎》《人间四月天》等多部影视剧，获得亚太影展、东京影展、香港电影"金像奖"、《大众电影》"百花奖"等多个奖项；发行音乐专辑，举办个人演唱会，推出的歌曲《后来》《为爱痴狂》《当爱在靠近》《很爱很爱你》等广为传唱；待我发现书店有卖《我敢在你怀里孤独》时，已经是她出版的第六本文集了。

而江一燕呢，拍电影《我们无处安放的青春》《南京！南京！》，演话剧《七月与安生》，发专辑《星光电影院》《用爱呼吸》，出随笔《我是爬行者小江》，办摄影个展，去山区支教等等。横跨多个领域，典型的80后才女"新势力"。

我并非刻意要拿孟庭苇来做一比较，实在是因为开篇她是阿末先生的心头好。其实孟庭苇能够立足乐坛二十年，可见她在唱功方面的过人之处。好作品也比比皆是，只是不像其他几位那样多栖罢了。

娱乐圈的才女应该还有，像伊能静能演能唱能写，赵薇能演能导能唱，孙俪能演能唱能跳能写能画，等等。但是若结合长相来看，她们就不那么"文艺"了。

第三看个性。但凡端演员这碗饭的，谁能没点儿个性呢？要是太大众化了，也一准儿跳不出来。可"文艺女神"就不一样了，她们往往不为世俗所左右。通常情况下，她们会和大众保持一定距离。

最典型的当属王菲了。她每次演出，都自顾自唱，不和大家交流，也不向观众喊话。什么"吉林的朋友你们好吗？"，乱糟糟的一律没有。偶尔睁开眼睛，也不知她看的是谁。但是歌迷就是喜欢她，喜欢她的天籁之音和特立独行。

再就是汤唯，不管置身何等境地，皆能不疾不徐、笃定以待。刚一出道即被封杀，当所有人都以为她无路可退，她却能调动自身能量绝地反击。而当一切顺遂，她又安于一杯茶一本书，静享午后的一米阳光。她的心态决定了她的人生状态。

文艺女神多不为名利所累。钱够花就行，人够好就嫁。她们不会一脸菜色地去跑通告，累了就给自己放个长假；也不会争着抢着要嫁豪门，适合自己的那一款才最重要。

谁是娱乐圈的"文艺女神"？有点儿小清新，有点儿小才情，有点儿小高冷，不随波逐流，用作品说话。我记忆中的她们，大抵就是这个样子。

脱掉高跟鞋

如果让我说句很负责任的话，其实我较之别人是没怎么穿过高跟鞋的。或者换句话说，我穿高跟鞋的时间相对较少。

第一次穿高跟鞋是什么时候呢？真的有些想不起来了。但是大学报到那天，我一定是穿了高跟鞋的。因为我被"迎新"的学姐选进了模特队。那年我身高一米六二，体重四十二点五公斤。这样讲可能拉低了母校的"海拔"，但我千真万确是入选了呀。可难过的日子在后头。当我脱掉高跟鞋参加训练时，学姐不无失望地对我说：那天看你又高又瘦、脖子又长，但是你并不像我想象的那样高。

由此我想起高中入学第一天，因为梳了个"幸子"头，便被学姐生生拉进合唱团，其实我是不会唱歌的。有些情形并非人们看到的那样，下个路口向左还是右，就看上天站在哪一边了。晴天雨天，人人有份。

参加工作以后，由于一直做大型活动，时常在剧场一站就是一天，所以就更不方便穿高跟鞋了。

其实我的脚是蛮适合高跟鞋的。我的足弓和高跟鞋的弧度非常吻合。小时候常听老人讲：这孩子长大准是能跑能跳，你看这脚背多高啊。可是上天这回没有站在我这边，他不仅没给我展示的机会，甚至连高跟鞋都不让穿。

我虽然不常穿，却对高跟鞋十分珍爱。一旦要出席某个场合，便会立马穿上它。见到一些熟识的朋友，他们总会明知故问：你怎么长高了？这时我也会坦白地回答：穿高跟鞋了！高跟鞋提升了我看世界的高度。

玛丽莲·梦露曾经说过："我不知道是谁发明了高跟鞋，但是所有的女人都应该感谢他。"高跟鞋是女人的专属，更是年轻女人的福利。但是年轻是不需要装饰的。当青春不再，我们陷入了莫名的恐慌，在这个难熬的时段，反而特别需要一双高跟鞋。

一个女友很认真地对我说：根据黄金分割原理，女人只有穿上高跟鞋，上下比例才适中。我们这样的身高，必须得穿高跟鞋！我使劲儿地点头。

于是我的鞋跟不断增高，一寸、两寸、三寸……每走一步，都可谓步步惊心。穿"恨天高"的日子，应该是最暗淡的日子。但是我也越来越不怕黑，因为下一个天亮马上就到。

终于有一天，当我不再羡慕别人的高，也不担心别人嫌我矮时，我觉得高跟鞋于我来说，变得可有可无了。我无须它的托举来仰高俯低，我可以以一双平底鞋迎接所有人的目光。

脱掉高跟鞋，做最好的自己。路依然有高有低，只是心不再跟着起伏。

点赞是不是个技术活儿

刚有微信那阵儿，针对朋友圈的点赞，我想写一篇《点赞是个技术活儿》，因为涉及较强的私人视角，所以最终理智战胜冲动而没能落笔。

事隔多少年以后，当初的心结早已放下，今天的我可以更加多元地看待任何问题，更不用说点赞了，于是便有了这篇小文想和大家探讨。

除了网络大V或者微商，普通人的微信好友一般由以下几类组成：一是结识多年的故交；二是刚刚认识且想继续发展的新朋；三是因工作而需要联系的伙伴。这三类人，至少都是认识的人。

既然认识或熟识，那么"各种晒"就容易理解了。无论是晒美食晒旅行晒恩爱，还是打广告推产品发信息，喜欢的可以驻足，不喜欢的当是路过。大家共处一个圈子，总不能让所有人都由着你的心思来吧？

朋友圈大致有三种情形：常发常看、只看不发、不发不看。第一种是看别人的，也把自己的给别人看；第三种是不看别人的，也不把自己的给别人看。这两种属于"等价交换"，大家无可非议。关键是第二种，只看别人的却不把自己的给别人看，这种情形破坏了游戏规则，往往会招致"别人"的微词。

其实这也没什么。那些天天刷屏的，你给人看的也只是你想给人看的；那些天天看别人的，你能看到的也只是别人想让你看到的。既然一个想展示、一个要围观，那就一拍即合、算是扯平了。谁都没吃亏，谁也没占到便宜。所以朋友圈虽拥挤，但是心态一定要释然。

我的圈中微友，有的在部门担任要职，但也时常看到他们发朋友圈。这就好比是在早市，看见某位领导提着两兜菜，一样的亲切一样的接地气。所以大可不必对自己的生活捂着盖着，过分留意你的人不是没有，但也不会太多。

发一条朋友圈，就一定会有点赞的。而且自己也希望有人点赞。我刚写博文那会儿，半夜去趟卫生间，回来也要看看粉丝涨没涨。发朋友圈也是一样的。如果没人关注，那么多少也会有些失落。

现在关键问题来了，谁在给你的朋友圈点赞？首先以我为例吧。我朋友圈有一千多人，昨晚突然心血来潮，点开几个长期没"露面"的好友，结果发现人家已经把我给删除了。原来人与人之间是有感应的，"疑似"也并非都是凭空想象。

除了他们几个，我还有一千零二十六人。这些人每天发或不发，发一条或多条，如果我不及时翻看，那么你的信息就跑到爪哇国去了。所以我一般是赶上谁就给谁点赞。

我的点赞，其意有三：一是关心，代表"好久不见，甚是想念"；二是认同，代表你发的内容与我的三观一致；三是鼓励，代表我关注了你且继续。

由此我想给我点赞的，大多也是一样的状况。没有谁会天天拿着手机，一天二十四小时就等你刷屏，那除非是爱上你了。

而对于那些长达几年从未"赶上"的人，那又该怎样理解呢？

其实这更没什么。他的朋友圈肯定不就你一个朋友，也许他不想厚此薄彼、落一村而不落一人罢了。所以他不给你点赞，并不代表对你不认同。而对于那些总也"赶不上"的人，也大可不必如此小心，人生处一世，其道难两全。你不给人家点赞，也很难收获别人对你的赞许。

点赞到底是不是个技术活儿？依我看只要不是故意挑人，那么他点与不点，赞或不赞，就没必要也没时间往多了想。

至于朋友圈那点事儿，我的态度是：发啥都支持，不发也理解（当然仅限正能量）。想看就看，不看也没关系。屏蔽不生气，删除也有理。一句话，你的朋友圈你做主。

都在茶里

我不是"喜欢"喝茶，而是"必须"喝茶。周六、周日在家还好，周一至周五上班则不能无茶。

一杯清冽或浓酽的茶，会令我的思维异常活跃。有时候我能感受得到，脑细胞迅速排列组合，继而在大脑里蜿蜒游动，形成一个个我需要的想法。当然它们也会偷懒。它们一偷懒，我的想法也会跟着打折扣。

我离不开茶，尤以参加"头脑风暴"为甚。比如电视台搞晚会，只要我一回去，跟我共事过的同事就知道，饭肯定不吃，但是茶必须喝。从后楼到前楼，有拿茶叶筒的，有端电水壶的，也有捧着水杯、茶杯、纸杯的，一路浩浩荡荡奔向会议室。茶还没泡，但是茶的气场已经事先营造好了。

我"必须"喝茶，但是"不会"喝茶。不会是因为不懂。绿茶、红茶、乌龙茶，在我眼里没有好坏对错；碧螺春、铁观音、茉莉花，喝上一口也不分贵贱高下。茶就是茶，每种茶都有其自身的价值。就因为我尊重茶的品性，茶也从未辜负我的信任。

我的女友安静，是真正的喝茶人。她风雨无阻地去听茶课。每次和她去茶馆，她都极为专业地给我们泡茶。一招一式确实好，于我来说却做不到。如果用烦琐来形容，可能对茶有点儿大不敬。但看着着急倒是真心的。

较之她的优雅，我喝茶的方式近乎粗鄙。我的茶具一点儿也不讲究，只有一个大号茶杯而已。茶量非常随意，和心情刚好成反比。偶尔也和下手轻重有关。至于水温就更别提了，有时候可能会烫得满嘴大泡，有时候有点儿像凉茶王老吉。

我和茶之间，茶似乎要更精致一点儿。就像我现在喝的冻顶乌龙，它产自台湾南投的冻顶山。当一个女友把它交到我手上时，说了句"这是适合文化人喝的茶"。

是否适合我不知道，但这确实是一盒有文化的茶。经过"山田土"的设计包装，冻顶乌龙被赋予了外化的文化魅力。山田土是一个茶品牌，由一群深度爱茶者共同创立。他们想"让最好的茶，遇见最合适的人"，便一直走在路上，通过一次次对茶的寻找，来成全茶与人的相逢。

世上果真有这样的爱茶人。今日是小雪，却未见雪花飘落。晚上安静送我一个手绘的柴烧茶杯，我打算用它来小口喝茶。从此喝茶不再像喝井水。

我们喝的虽然是茶，但流淌于心的却是情怀。"不会"喝茶还"必须"喝茶，我在乎的也不是茶的口感，而是无时无刻的陪伴。

端起一杯茶，所有的话都在茶里。所有的心事，都随之咽下。

那些提升幸福感的小事

《战狼 II》我看了两遍。第一遍是和两位女友一起看的。在受到强烈的视觉震撼的同时，我们为生活在一个安全、稳定、强大的国度而倍感幸福。

你有多久没有走进电影院了？今天的观影条件和过去已经不可同日而语。3D、IMAX不仅可以带来更好的观影感受，在VIP你还能躺着看电影。

对于那些不常去电影院的人来说，偶尔买票看场电影，不仅支持了文化产业，也会提升自身的幸福感。

一般情况下，我会在单位食堂用早餐。早餐后我给自己冲杯咖啡，然后趁热一小口一小口地喝掉，整个过程大约需要五分钟。这五分钟，世界只有我和咖啡。

喝咖啡是我一天的序曲。一喝咖啡，我就知道我要开始工作了。开始工作意味着可能会遇到各种问题，所以我很享受静静的"咖啡时间"。它让我有一种满足，继而化作一种幸福。

一天从"幸福"开始，接下来的运气也不会太差。借助一件适合自己的小事，让它帮你达到获取幸福的目的。

从十月开始，现在已经是十一月下旬了，大概有两个月的时间，我的晨跑坚持得不好。导致这种结果的原因很多，但是其中最主要的一点，听起来似乎有些可笑，就是我缺少一双秋冬跑鞋。

不能再让跑鞋成为阻碍跑步的借口了，于是利用午休时间去趟河南街，在新百伦·时代选了自己中意的一款。再跑一百天，就到2018年的3月4日了，跑过这个冬天，春天还会远吗？

据说购物是女人减压的重要途径。让自己葆有购物的兴趣及能力，也应该是幸福的正确打开方式之一。

如果从一些信手拈来的小事中，学会了如何去感知幸福，那么还可以尝试获取幸福的另外一种渠道，那就是主动"去爱"。

主动去爱家人。认真选购食材，给家人准备一顿晚餐；主动去爱他人。为贫困地区的儿童，捐一件新衣或买一套文具。让别人获得幸福的同时，自己的幸福感一定会来得更猛烈一些。

人的一生，由每年、每月、每天组成，再往小了说，还有小时、分、秒。幸福感也一样，由一些林林总总的小事来支撑。

人生能经历几件大事？所以幸福就蕴藏在举手投足间。不放弃自我，认真去生活。做好每一件小事，幸福感就会爆棚。

郑昊往事

没见到郑昊之前，我对郑昊不太喜欢。不喜欢的原因，是认为他长的不行。也算标致的五官，可拼凑在他的脸上，就让人越看越走眼，总觉得是哪儿长错了。

当年一部《我的父亲母亲》，让还没准备好的郑昊出名了。在那部经典电影中，章子怡温婉可人；再看和她演对手戏的郑昊，眼神又愣又怪。虽说不喜欢，但还是记住了他。

几年过去了，台里拍摄电视剧《种啥得啥》，郑昊担任主演。这时有人告诉我，郑昊要来做客由我担任制片人的栏目《绝对情感》。

第一次见郑昊，是在朋友的聚会上。酒过三巡之后，朋友打电话给他："昊子，能来一下吗？介绍个人给你认识。"其实《绝对情感》已经和郑昊联系了几次，只是我还无缘见他。

只一会儿工夫，郑昊就自己开车来了。桌上除了我，大家都是吉林艺术学院的校友。郑昊嘴甜，一口一个"老师"地叫着。但朋友给他斟酒时，郑昊推说："昨晚和几个场工喝大了，今儿个躺了一天。别说喝酒，一见酒就想吐。"看他一脸的疲惫，大家不忍再劝。因为都是性情中人，也都有过类似经历，便惺惺相惜，准备放他一马。谁知郑昊却信誓旦旦："今天我是不行了，赶明儿我做东，咱们一醉方休。"

对于男人的"豪饮"，我并不反对。但对那些挑人喝酒的，却十分看不上眼。有些人喝酒，非常知道深浅。哪些场合醉死也值，哪些场合滴酒不沾，他们清清楚楚，绝对不瞎喝。

可郑昊不是这样。跟几个场工也能喝倒，谁求谁呀？朋友的一声召唤，就能露个脸捧个场，说明他知道自己是谁，在做人上差不了。

那天送走郑昊，我忽然觉得他比银幕上长得顺眼多了。当然，我知道这种"顺眼"是出自一个人的品性。

再见郑昊，《种啥得啥》封镜，《绝对情感》也录制完成。临行前，郑昊托朋友打来电话，说要请吃饭，以完成他那天的承诺。

由于郑昊忙着结算、收拾行李等一些琐事，午饭已经成了下午茶。一见面，他便真诚地道歉，又体贴地劝大家吃点儿东西再喝酒。郑昊豪气冲天，紧着张罗喝酒，和每个人干杯，似乎不这样就对不住谁。考虑到他还要远行，大伙儿都劝他悠着点儿。但他还是挣扎着喝到了量。

那次相聚，我对郑昊可以用两个字来概括，那就是"懂事"。这看起来稀松平常的两个字，又有多少人能真正做到呢？再大的腕儿，也不见得"懂事"。它是忍耐、周到、关爱、成熟的代名词。庆幸的是，这些字眼儿用在郑昊身上都准确。

酒酣人兴，我想对郑昊说：昊子，你在影视圈，即使不演戏，做点儿别的也能混出个样儿来。可话一开口，却换词儿了：我是你的追星族，咱们合个影吧。

说出这样的话，我是第一次；我主动和名人照相，郑昊是头一个。

当众孤独

有同事问我，是否有看《演员的诞生》？我说还没有。同事又告诉我，至少要看周一围那期。

又是周一围。早在几年前，他演电视剧《烈焰》的时候，我就开始关注了，并把他定位为"小众"。"小众"就是太文艺了。读得懂的就懂了，读不懂的可能永远不懂。

后来他在电影《建军大业》中演技炸裂，我还专门写了一篇文章《周围不见周一围》。意思是说在热闹的演艺圈，周一围一直葆有难能可贵的冷静。

连周一围都能加盟《演员的诞生》，可见这档综艺栏目的吸引力。真心佩服浙江卫视，随着"跑男"的风光不再，又适时推出《演员的诞生》。与《我是歌手》等竞技类栏目相比，演员显然要比歌手更具表演张力。它在"用匠心赞美生命"，用演技雕刻时光。

栏目组找张国立做主持人是再好不过了。我一直认为，他是演员里主持最好的。常驻导师中章子怡、宋丹丹个性鲜明，而刘烨则稍显圆融。如果三个人都非常强势，那么现场势必剑拔弩张，一张一弛才是戏剧应有的节奏。

现在该说说周一围了。直接找到有他的那期，只见他在舞台上一抬眼，便和尹正一起，开始再现《刀锋1937》的片段。

一场好戏结束后，周一围在等待导师的评价。较之刚才入戏时的强大气场，这一刻的周一围显得中规中矩。刘烨说，他喜欢周一围在《绣春刀》中的表现；宋丹丹则慨叹，周一围在舞台上太博眼球了！而在章子怡的心中，周一围更是排在前三的演员。

之后周一围和章子怡联手，演绎了张国荣与梅艳芳的经典之作《胭脂扣》。那是一场"共赴黄泉"的戏，两个人约定一起喝药。面对想爱却不能爱的如花，在喝药前周一围的眼神是迷茫的；如花视死如归，端起药碗一饮而尽。而在喝药的刹那，周一围的眼神却骤然变得清澈，他因清醒而胆怯了；如花喝药而死，抱着她渐渐倒下的身体，周一围的眼神是悲凉的。他通过三个眼神，完成了对人物的刻画。

在《演员的诞生》的舞台上，周一围的演技完全不输"国际章"。经过多年的蛰伏后，他通过《演员的诞生》而"诞生"了。

最近在一档访谈节目中，周一围这样回应自己的"不红"：一堆戏在排队等着我，还要怎么红啊？他有好多机会可以实现普通意义上的成功，但他对一夜成名不感兴趣。因为走得不快，所以他的灵魂也没被落得太远。他不需要停，一直走下去就好。

据说学表演的同学上的第一堂课叫"当众孤独"。一个好演员的潜质，就是面对台下观众的目光，依然能够沉浸在规定情境之中，相信自己就是那个人。只有给自己注入强大的力量，才能在七嘴八舌中听到内心的声音。在这一点上，周一围做到了。

每个人一打出生，都是自带剧本而来的。在属于自己的这方舞台上，怎么才能不为台下的嘈杂声所左右？我想应该和周一围一样，那就是学会"当众孤独"。

假装能装多久

我有一个朋友，他是教高三毕业班的。这个班全部是艺术生。他说班上三分之一的同学是有艺术天分的，还有三分之一是热爱艺术的，另外三分之一则既没天分也不热爱。那么对于这三分之一该怎么办？他告诉孩子们，先假装热爱。

先假装热爱艺术，可能是音乐、舞蹈，也可能是美术、摄影，总之是假借它们来弥补文化课的缺失。

有些孩子由于"假装"而成功了，但在这条路上能走多远却不得而知。也许他们所"热爱"的艺术，只是通往大学的一个跳板。

在通常情况下，人们是善于"假装坚强"的。但是当意外来临，别说是失去至亲这样的大事，就是一点儿小小的不顺，也可能导致"脆弱"被无限放大。这一刻大多数人无法管理自己的情绪，更没有能力照顾自己的内心。他们需要依靠他人来安慰自己。

可是他人能否及时赶到，赶到后给出的意见，是不是自己所需要的答案，一切都难以把握。所以求人不如求己。只有让自己变得强大，才不至于被"脆弱"击得溃不成军。

不如意总会有的。承认生活的不完美，接纳"脆弱"的定期造访，这样才会卸下"假装"的盔甲，让自己有一种不慌不忙的坚强。

有一本畅销书，叫《你只是看起来很努力》。书中列举了大量事实，来证明任何不走心的努力都是"假装努力"。

我看过一部电视剧，剧名已经忘记了。说是新中国成立不久，国民党空投一批特务在大陆潜伏。其中有一个特务与一名公安为邻，在公安一家的监视和帮助下，特务从假装"好人"，到临死前连一件坏事也没做成。他像普通市民那样，在大陆生活了几十年。

从"假装热爱"，到"假装坚强"，再到"假装努力"，假装究竟能装多久？这样回答吧，如果所有的"假装"，都能装一辈子，那便是真的了。

当我谈写作时我谈些什么

《生命中的所有都是蓄谋已久》，是我独立创作的第三本书。前两本是《纳霍德卡的中国女孩》和《关于我的事你们统统都猜错》。在这本书付梓之前，我想谈谈写作。那么当我谈写作时，我谈些什么？

我的文字启蒙大约在两三岁。更为夸张一点儿的说法是，我会说话就会认字。在我只有十八个月大的时候，父母把我送到了乡下的大姨家。那是一个十分偏远、落后、贫穷的农村，但我大姨家的生活条件要相对好一些。大姨夫出身不好，虽然很有学问却只能在村小教书。他在新中国成立前就参加工作了，我去他们家的时候，他的月薪已经开到五十几元。大姨家只有一个儿子，就是我大哥，当时已经大学毕业并在四平市成家立业。这样的条件，在那个年代可谓是农村的富裕户。再加上我爸时不时地从城里背细粮给我，所以我的童年并不缺吃少穿，而且物质生活相对优越。

大姨家用报纸糊墙。其中有一面墙是画报。大姨夫为了哄我，常常一边抱着我，一边指着墙上的字教我念。我爸隔一段时间来看我，我便给他表演念报纸。开始只会念大标题，几个月后大标题下面略小一点儿的字也会念了。半年后我爸随便往墙上一指，我就能大声地念出来。那些画报是我最早的看图识字，那些报纸就是我最早的语文课文了。大姨夫那抑扬顿挫的节奏，大概就是我日后排列文字的节奏吧。

我是先认字而后学写字的。三岁那年，轮到大姨夫教一年级，我就背着书包跟他去学校上学了。书包里有大姨给我放的铅笔、橡皮、田字格本，还有一个苹果。农村孩子上学晚，班上八岁、九岁、十岁的都有。村小的凳子是长条凳，别的孩子都是坐在上面，而我则要跪在凳子上才能够到桌子。大姨夫看我跟不上其他孩子的节奏，便只让我写"毛主席万岁"。这几个字早就认识了，但要把一笔一画聚在一起，还真是不容易。由于我开始学写字不那么正规，所以日后我的字也不太循规蹈矩。

我在村小念了半个月，校长就找到大姨夫，禁止我再到学校去。原因是扰乱课堂纪律。上课的时候，大姨夫从前面走到后面，我也马上从凳子上跳下来，跟着大姨夫到后面去。大姨夫背着手，我也背着手。这下学生们可乐翻天了，没人念书光顾瞅我了。

大姨夫也觉得不妥，就让大姨来学校把我抓回去。我的哭声盖过了全校学生的朗读声。后来据大姨讲，从学校回来我闹了一个多礼拜，谁也不能在我面前提"上学"二字，谁一提我就打滚哭。

打那以后，大姨夫就在家里教我了。相当于过去的私塾，或者像现在的"一对一"授课吧。等父母把我接回城里的时候，虽然刚上小学一年级，但是即使给我五年级的课本，我读起来也丝毫不成问题。

回到城里后，我继续保持阅读优势。因为我妈妈在图书馆工作，那个年代左邻右舍都找我妈借书，而给他们送书的任务就落在我头上了。这样我就近水楼台，凡是我妈拿回来的书，我都要先截个"和"，看完后再分送给那些叔叔阿姨。妈妈的图书馆，让我离写作更近了一步。

大量的阅读，使我的作文在初中就见了成效。几乎每一篇都是范文。上高中后，作文已经满足不了我了。我开始写小说，写诗歌，写散文。各种写，各种投稿，各种退稿。

高三那年，在我的老师和同学还没太听过"中央戏剧学院"的时候，我已经在北京开始集训了。我报考的是戏剧文学专业，立志要当一名编剧。

"中戏"的专业课考试分初试、复试和三试，我爸陪我在北京集训然后参加考试。以我的阅读量和写作经验，别说三试就是八试也志在必得。可是那一次在我的人生中，我过早地高估了自己。这导致日后再对自己估价时，我都有意识地放低一些。

原来编剧和写作根本是两码事。现在我知道，考试与写作也没有直接关系。结果事与愿违，初试我就没过。在从北京回吉林的火车上，我爸很小心地看着我的脸色说：回家我就跟你妈和你妹说，你是"三试"才下来的。我把头倔强地扭向窗外。那一刻我想打滚哭，可是我已经长大了。

此后有那么几年，我没再写作。直到去俄罗斯留学前，我信誓旦旦地对我爸说：我不仅要学好俄语，还要写两本书回来！我爸连声说：一本就好，一本就好！

真像爸爸说的，三年半之后，我带回一本《纳霍德卡的中国女孩》，由时代文艺出版社出版发行。我用这本书敲开了电视台的大门。当时电视台缺少文字撰稿，看到我能写书，还在报纸开过专栏，便一经考试而录用了我。

在电视台工作那些年，我主要是写电视专题片的解说词和大型文艺晚会的串联词。因为这些文字最终都是通过声音来呈现的，所以也直接影响了我的写作风格。为了更加适合播音或主持，我一般不用长句子，多以上口、流畅、节奏感强为主。

后来虽然到宣传部工作，但是在全市的很多大型文化活动中，我依然担任总撰稿。我的同学跟我说，她已经十几年没有亲自"写材料"了，近两年连"改材料"都很少。而我还在一线，还在一线写文艺稿件。由此我意识到，我必须培养自己的写作思维，不然等我接到类似"吉马"那样的任务时，就会因压力过大而无从下笔。于是从我的生活出发，开始写我对生命的独特体验。写的多了，便有了第二本书《关于我的事你们统统都猜错》。这本书距离《纳霍德卡的中国女孩》有二十年之久，于2016年5月仍由时代文艺出版社出版发行。

今年秋天，我和时代文艺出版社签下第三本书《生命中的所有都是蓄谋已久》。前几天，我对我的责任编辑李天卿先生说，写"关于我的事"时，有点儿懵懵懂懂的，到了这本书，虽然风格延续了上一本的，但是我想把它做成概念类图书。

什么是概念类图书？就是通过一本书，提出一个概念。无论是《关于我的事你们统统都猜错》，还是即将出版的《生命中的所有都是蓄谋已久》，我都在积极尝试"体验式写作"。

人生没有一帆风顺的。顺流的时候，我就享受它带给我的喜悦；逆流的时候，我就体会它带给我的悲伤。我和我的悲喜在一起，既不贪图喜悦也不放弃悲伤。而把这种对生命的独特体验付诸笔端，就是"体验式写作"。

每个人都是一本值得阅读的书。出版《生命中的所有都是蓄谋已久》的全部意义，就是带动普通人进行"体验式写作"，让更多的人书写自己的独立精神和生活态度。

"体验式写作"概念的提出，让写作不再神秘。人人都可以写作，尤其是女人。写作让女人变得勇敢，而且看上去很美。

当我谈写作时，我想谈的就是这些。